大鱼

有爱的青春陪伴者

想做他怀里的猫

李寻乐 著

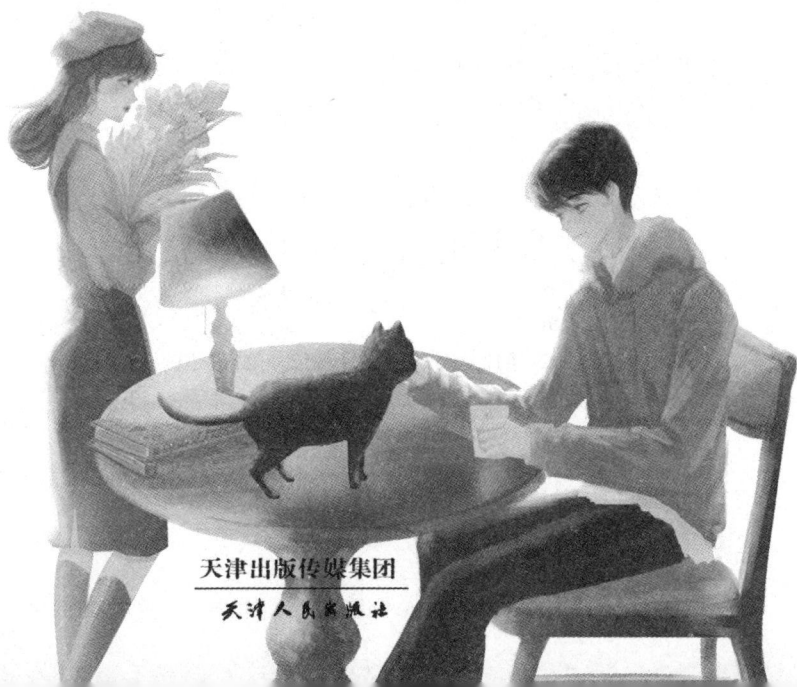

天津出版传媒集团

天津人民出版社

图书在版编目（CIP）数据

　　想做他怀里的猫 / 李寻乐著. -- 天津 : 天津人民
出版社, 2021.12
　　ISBN 978-7-201-17738-0

　　Ⅰ.①想… Ⅱ.①李… Ⅲ.①中篇小说—中国—当代
Ⅳ.①I247.5

中国版本图书馆CIP数据核字(2021)第207672号

想做他怀里的猫

XIANGZUO TA HUAILI DE MAO

李寻乐 著

出　　版	天津人民出版社
出 版 人	刘　庆
地　　址	天津市和平区西康路35号康岳大厦
邮政编码	300051
邮购电话	（022）23332469
电子信箱	reader@tjrmcbs.com

责任编辑	玮丽斯
特约编辑	张　磊　裴欣怡
装帧设计	小茜设计 ⊞Minqian Designstudio/QQ:31009481 1　　cain酱
责任校对	彭　佳

制版印刷	长沙鸿发印务实业有限公司
经　　销	新华书店
开　　本	880毫米×1230毫米 1/32
印　　张	8.5
字　　数	180千字
版次印次	2021年12月第1版 2021年12月第1次印刷
定　　价	39.80元

目录
CONTENTS

XIANGZUO TAHUAILIDEMAO

目录
CONTENTS

XIANG ZUO TA HUAI LI DE MAO

第一章

相遇

Xiangyu Tu
Huaili De Mao

温舒睡了个午觉，还做了个梦，梦里师兄点了她的名，然后在众目睽睽之下，拿出了一颗三克拉的大钻戒，单膝跪地，山盟海誓。

这个梦太过舒服惬意，温舒矜持地犹豫了那么一秒，可还没等那三克拉的钻戒套在她手上，就听见有人急急忙忙地喊她："温舒，温舒，快起来。"

那人摇晃着她的身子。

温舒醒了过来，正对着的窗户映进细碎的阳光，有些刺眼。她迷蒙着眼问："怎么了？"

"我们宿舍的某宝店开张了。"许轻晨道。

温舒微微皱了皱眉，回："我知道啊，早上不是还在宿舍剪彩了吗？"

周君如放下那本《人格心理学》，推了推眼镜，说："轻晨说的开张是指有人下单了。"

温舒顿时来了精神："什么单子，心理辅导还是心理测试？"

许轻晨深深地看了眼温舒，道："是你的爱心拥抱。"

爱心拥抱？

温舒笑着赞了声，说："这人还挺有眼光的。买家留下信息没，我一会儿一定要好好去感谢下他的慧眼识珠。"

周君如指着电脑，道："你自己看。"

笔记本电脑上显示着宿舍某宝店的页面，店名是宿舍四个人一起取的，叫作"你信或不信"，店内售卖的东西也很有趣，比如刚才提到过的心理辅导、心理测试等。

这个学期，实践课老师勒令所有人必须交一份实践日志，实践内容要和专业挂钩。503宿舍的几个人思量了好半天也没想出个所以然来，还是宿舍里唯一一个电子商务专业的室友赵竹青出谋划策，提出开一家某宝店。

只要认真完成某宝店的日常运作、满足买家的各种心理要求，绝对可以轻松地做好一份实践日志。

"爱心拥抱"是温舒提出的项目。随着社会发展，拥抱也不再是亲密之人的专属，它可以拉近人与人之间的关系、维持血压的平衡与心脏正常的跳动、减少恐惧感等，在一些国家更是出现了职业拥抱师。

温舒选择这个，也是因为自己未来的研究方向想要往这上面靠拢，自然，这个商品也需要她亲力完成。

网页上可以看见买家"三只青蛙"的头像是一片风车，温舒心想，这人的性格应该挺温柔的吧。

三只青蛙：老板，请你一定要加油啊！

温舒：亲，可以详细说明一下您的具体问题吗？您是在上班还是在上学呢，是不是生活压力太大了？

等了一会儿，三只青蛙才回复。

三只青蛙：刚刚工作上有些事，不好意思了。

温舒：没事。亲，那现在有没有空呢？

三只青蛙：老板，可以加一下微信吗？领导刚刚走过去了，好在我反应快，及时切换到了工作界面。

温舒把微信号发给对方，然后趁着等待的间隙看看三只青蛙的交易页面，他竟然买了九十九个爱心拥抱服务。爱心拥抱的单价为一百元，也就是说，这人竟然一口气在这家刚开的小店里花了九千九百块。

许轻晨有些忐忑，这也是她赶忙把温舒喊醒的原因，说："这人不会是骗子吧？先是想办法要微信号，然后再把人约出去，最后……"

周君如瞥了瞥温舒，冷静道："不会的，骗子也有审美。"

温舒对她翻了个白眼。

手机振了振，温舒打开微信，同意了买家发来的好友请求。

买家的微信头像是佩奇，昵称叫作"李九歌小可爱"。

李九歌：老板，我的这个订单不是给我用的，是给我的一个好朋友。他有点自闭和轻微的隐性社交恐惧症，所以我想麻烦你试着开导开导他，最好是让他觉得世界无比美好，人生还有许多美妙的事。又或者让他知道，在这个世界上还有谈恋爱这个特别美好的事，最好能够让他赶紧去谈恋爱。

温舒：亲，如果真的有社交恐惧症的话，可能不适合。

李九歌默然，而后迅速打了一句话。

李九歌：我曾经在他的房间里，发现了一封"没有未来"的信……

遗书？温舒看向室内其他两人。

许轻晨也有些着急了："救人一命胜造七级浮屠。"

周君如点头："倒是个不错的案例。"

温舒转过头回复：那麻烦亲把个人信息发过来，三天内一定发货。

李九歌：真的很感谢了。

温舒：不过亲，这九十九个拥抱你要不要更改下订单？钱太多了，而且也不支持一次性购买这么多个爱心拥抱，如果你的朋友有社交恐惧症的话，肯定是不可能做到的。

李九歌：没事，我那个朋友就多劳老板费心了，至于那些钱就当作劳务费了。

退出店铺页面，温舒习惯性地将了将额前随意落着的几缕头发。

"加油！"许轻晨笑着鼓励。

"任重而道远。"周君如拍了拍温舒的肩，又坐到窗台旁，拿起一本书认真地看了起来。

晴空万里，一阵南风吹过。

温舒对照着地址，寻找目的地。

春华街 38 号。

这条街是天华市有名的富人街，环境优美，安静高雅，里面住着的人非富即贵。温舒对李九歌所说的那个朋友隐约有了揣测——

父母常年在外工作，自己一个人留守在孤零零的大房子里，童年伴随着数不尽的零花钱以及各种玩具，唯独内心的孤独始终得不到排解，所以导致了这样的心理状况。

买家的基本信息留得不多，临出门前，以防万一，许轻晨还是让温舒在包里放了一瓶防狼喷雾。

春华街 38 号并不难找，是一套独栋的别墅，从围墙内伸出了些许桃树枝丫，上头还坠着几个小花苞。

这还是温舒第一次做社会实践，她有些紧张，左手又捏了捏口袋里小瓶装的防狼喷雾，深呼吸了一口气，右手摁上门铃。

"叮咚——"

铁门内传来轻轻的脚步声，微微等了一会儿，铁门打开。温舒提前准备了自我介绍，声音缓了下来，说："你……"

"好"字迟迟没说出来——她惊得开不了口了。

门内站着一个高个儿青年，穿着白色休闲卫衣和亚麻色休闲裤，五官清冷俊秀，眼神正好落在了温舒的脸上。

"宋……宋师兄。"

她紧张地道了声，左手的防狼喷雾也从口袋里掉了出来，正好落在宋言知的脚边。她忙蹲下捡起来，收进了包里。

宋言知将目光收回，对温舒和他隔的距离有些不满，皱了皱眉头，往后又退了小半步，接着颔首示意："你是？"

"15 级基础心理学专业二班温舒。"

"哦。"

宋言知对这些并不感兴趣，问了句"你是"已经是他周末时对人的最大礼貌了。他转身欲往里走，温舒一时慌了，喊了他一声。

宋言知是何许人也，之前是华师当之无愧的"校草"，专业课成绩也十分优秀，甚至在业内论坛上也拥有众多粉丝。

温舒今年大三，她大一的时候宋言知大四，一进大学就很幸运地等来了宋言知保研的消息，宋言知如今也是研究生院的"院草"。

学期初，教专业课的林老师住院，原本系里找了其他老师代课，可林老师提议让宋言知代课就好，他的专业素养无论从哪个方面来说都很优秀。

学院同意了，于是同学们每天上课的动力无比充足，甚至有很多其他专业的同学也闻讯前来蹭课。

宋言知并没有停下脚步，打开门，进屋，关门，动作一气呵成。

温舒庆幸之余又有些沮丧，毕竟曾经的梦境里，宋言知递给她钻戒时的眼神无比真诚，她现在光是想想就懊悔，做梦的时候就应该赶紧戴上，起码现在想起还是甜蜜的。

别墅二楼的阳台上趴着一只懒洋洋的纯色白猫，湛蓝色的眼眸清澈非常，猫咪轻轻打了个哈欠，目送温舒离开。

李九歌所说的朋友竟然是宋言知，如果李九歌没有骗她的话，那么宋言知曾经写过"遗书"？

一向冷淡、专业课水平极高的宋言知其实背地里是个孤独自闭症患者？温舒的思绪随风发散，油然而生一种叫作"母爱"的情绪。

可回到了宿舍，脑袋从发热状态恢复正常后，她忽然大吼一声："啊！"

周君如看着温舒回来以后就一直精神恍惚，沉下脸，说："现在的骗子审美真的有问题。"

她揉了揉温舒的头发，眼圈微红，却还是冷静分析道："小舒，如果被欺负就告诉我们，我们现在就去报警，别做傻事。"

许轻晨也跟着心疼地抱住温舒，轻声道："我可怜的小舒，你……你怎么就碰上了这种事？"

宿舍门打开，赵竹青进门就看见这幅诡异的场景，愣了愣，问："怎么了，抱一起哭呢？今天不是小舒发货的日子吗，怎么全围在这儿？"

门外站着好几个被刚才那诡异声响吸引的同学，为首的女生表示好奇："谁疯了？我们专业终于又有人受不了这天杀的课了吗？"

温舒翻了个白眼，漠然地把许轻晨和周君如的手移开，淡定道："多谢关心，是这两个戏精又日常开戏了。"

"什么戏？"门外众人热心地问。

"孟姜女哭长城。"温舒答。

赵竹青给自己敷上面膜，而后把面膜袋里的一点精华液倒在手背上，一天的疲倦渐渐消散，总算舒了口气："所以，你碰到的客户对象是宋言知？这不是很好吗，正大光明地和你男神亲密接触。"

周君如却不这么想："可关键是人家连门都不让小舒进。"

许轻晨眨着一双星星眼反驳道："书上说了，相恋之人的初遇不一定都是好的，只要结果是好的就可以了。"

温舒思绪万千，正好这个时候微信提示音响起，她忙打开手机，而后看见了李九歌回的信息。

李九歌：老板，怎么了，这个单子进行得怎么样？

温舒：你好，虽然很不好意思，可这单我们店实在接不了，我现在就可以把钱退给你，真是对不起了。

李九歌：发生了什么事，为什么忽然说接不了？老板，我的朋友每天都生活在水深火热的世界里，难道你就不想要帮助一只迷途的羔羊重新走向阳光大道？

温舒脑海里蹦出一个小孩因为被拒绝而捶胸大哭的画面，她在心里笑了声，只能更认真地道歉。

她也不想自己的第一次实践就这么失败，可是，宋言知神情冷淡的模样实在深刻无比，犹如冬天里的一盆冷水候地将她浇醒。

李九歌：可是我已经下单了，而且钱也已经打过去了，如果你现在退单的话就是不遵守协议，我这就去找某宝客服举报你，顺便去消费者协会一趟。实在不行，工商管理局、律师事务所……我一定要去投诉。

画风突变，温舒还有些不适应，屏幕似乎都装不下买家的怒气。

李九歌：身为商人，怎么可以言而无信，做不到就不应该把这个项目挂在某宝店上，并且之前还承诺会做到。不管怎么样，九十九个爱心拥抱一个也不能少，少一个我就去投诉。

温舒一怔。

经商实在不是温舒擅长的项目，她颇有些头疼。

赵竹青听完温舒的转述，微微点头道："既然确定了这个项目就不可以半途而废，不然最开始就不要将它挂上去。"

温舒也知道是自己的问题，所以对于李九歌态度的改变也颇为理解，但是现在摆在面前的已经不仅仅是一个小问题了，而是难以攀登的高峰。

宋言知性格极为冷淡，在课上都不会主动点人回答问题，也不愿意和人接触，好在专业水平一流，极少有让人听不懂的时候。

"下次宋师兄上课的时候你要记得，小舒，这可是一个很好的机会，加油。"

宿舍其他几人纷纷投来鼓励的目光，天将降大任于斯人也，必先苦其心志劳其筋骨。

关上手机，李九歌的一颗心怦怦直跳，还好自己顶住了所有压力，无论如何，一定要让小舅舅把转型大作写完。

悬疑心理畅销书作者知言的转型力作，卖点和噱头十足，唯一不完美的地方，就是开头太过冷淡……

老天保佑，一定要让小舅舅早点了解爱情的甜美滋味，可不能和之前几本书的开头一样，让读者看了之后恨不得这辈子都不恋爱。

如果再那样，主编肯定要暗暗给自己小鞋穿了。

第二天是周日，阴天，无风。

周末学校一般是不会安排课的，宿舍里除了正在市内一家广告公司实习的赵竹青已经去上班了，其他人都显得悠闲无比。

招风一大清早就起来了，冲着还在睡觉的几个人"汪汪汪"。

"谁去看看招风是不是尿床了，别让王阿姨听见了，不然肯定不让我们继续养了。"

"晨宝宝你去。"

"小君君你去。"

"温舒，快起来，招风肯定是饿了。"

昨天一晚上没睡的温舒顶着大黑眼圈，艰难地下床，仔细检查了招风的床和食盆，没尿床也没饿着。

招风是温舒半年前捡回来的一只哈士奇，左脚微跛，当时可怜兮兮的眼神一下子就吸引了温舒。

温舒说服其他三人之后将它带回宿舍养，招风也瞬间成为宿舍的第一小宝贝，原本赵竹青想为其取名"招财"，财源滚滚，可是鉴于重名率太高显示不出独特性，遂改成"招风"。

招风软绵绵地趴在地上，呜呜叫着好不可怜。温舒凝神，摸了摸招风的肚子，在摸到某一块区域时，招风疼得大叫了一声。

温舒道："招风好像生病了，你们快起来。"

另外两人迅速起床，而后一起带着招风去宠物医院。

之前常去的那家宠物医院关门了，所以白跑了一趟。温舒十分紧张，周君如打开地图搜索附近的宠物医院，可是地图上显示，最近的那家宠物医院离这儿也有段距离，倒是和春华街相隔不远。

温舒几人急急忙忙地赶到宠物医院，又接到了赵竹青公司里一位学姐的电话，让她们现在过去，所以招风这边就只有温舒留下来照

顾了。

医院名字叫玲珑，整洁干净，装修风格也很温馨，温舒还是第一次来这儿。

招风正在做检查，护士并没有让她进去，她坐在手术室门口的长椅上，余光看见了坐在另一条长椅上的人。

那人戴着黑色口罩，但是露出来的眼睛十分好看，并且温舒越看越觉得像……宋言知。

她自嘲了声，自己还真是厚脸皮，那件事都还没解决，竟然这样明目张胆地想起他。

隔着几米的距离，两人的视线交汇，温舒心跳莫名加快。

是宋言知。

温舒确信。

半个多小时后，护士从手术室出来，喊道："招风，还有……不语的主人进来下。"

手术室比想象中的要大，更整洁，也没有想象中的血腥，倒像是一个舒适的房间。温舒微怔了下，而后迈步走了进去。

招风和不语就躺在手术台上。

"因为招风胃里有异物的情况比较紧急，所以放在一起处理了，抱歉了宋先生。"

医生摘下口罩，出乎意料地年轻，浑身上下似乎还带着些阳光，很温和。

宋言知微微点了点头，走了几步，从温舒身旁绕了过去。

不语就是那只白猫，它的脚受伤了，但哪怕是在手术台上，依旧优雅而高贵。

招风病恹恹地趴在隔壁的床上，可怜兮兮地看着温舒。

医生站在旁边，提醒道："两位，不语和招风还要再观察一会儿，确认没有问题了才能带回去。"

宋言知点头，也不差这么一会儿。

温舒朝宋言知看了一眼。医生很快就离开了，出门前还开了电视。电视上正播放一档综艺节目，几个当红小生开了一家旅店，里面有两个人温舒关注了挺久的，于是拿了张凳子坐在招风旁边看电视。

宋言知仍旧一副清冷的模样，不看电视，也不玩手机，就这么淡然地坐在一旁，和那只叫作不语的猫竟然有些相像。

到了广告时间，温舒浑身上下都有些紧张，她只能把注意力放在招风身上，温柔地顺着它的毛。

两个人和一猫一狗在手术室就这么待了大概一个小时，期间除了电视节目的声音，就只有招风偶尔发出的很黏人的汪汪声。

宋言知睡着了。

温舒紧张了好久，才发现自己刚才的认真其实来得没道理。护士打开门，提醒他们可以回家了，温舒抱着招风打算离开。

不语依旧淡定地坐在床上，并没有看宋言知一眼。

温舒看着不语，心底觉得这猫和宋言知又像了几分，忍不住凑上去摸了摸它的头。不语倒是没有反抗，招风吃醋地叫了几声。

温舒心满意足，走到宋言知身前，微微弯下腰，轻声道："宋师兄，可以走了。"

宋言知的呼吸声实在太轻，轻到温舒差点儿以为男神睡着睡着休克了。大约五秒后，宋言知抬了抬眼皮，睁开一双幽深如墨的眼眸。

宋言知下意识地想要往后退，可是他已经靠在墙上了，退无可退。椅子摩擦地面的声音响起，温舒被惊得"啊"了一声，招风直接往宋言知身上蹭了蹭。

完蛋！

温舒心头"咯噔"一声。

宋言知紧皱着眉头，似乎带着一丝怒气。

温舒忙道："宋师兄，我先走了，您记得带不语离开。"

温舒三步并作两步离开，几乎是头也不回地朝门口走去。宋言知低下头，把衣服上的几根狗毛清理干净。

不语适时地"喵"了声，提醒宋言知带它回去。

宋言知默然，抱起不语。

外面的乌云聚在一起翻滚，浅浅的雨滴落了下来。

温热的水珠落在身上，温舒迷蒙着双眼，轻飘飘地睁开，宋言知的脸颊出现在前方……

又梦到了吗？

温舒一边羞愧地想着，一边打量着梦境的四周，浴缸、玻璃门、泡沫，还有漂在水上的成排的玩具小黄鸭……

温舒觉得这一幕实在太过羞耻，然而脱口而出的却是一声"喵"。

宋言知皱了皱眉，说："疼？"

他手上的动作随之轻柔了些。

温舒思绪万千，然而说出口时又变了："喵，喵，喵喵喵……"

宋言知眉头皱得更紧，他伸手拿起一只小黄鸭，捏了捏。玩具小黄鸭发出几声奇特的声音，很清晰，浑然不像是在梦境中。

宋言知把剩下的几只小黄鸭通通摆在"温舒"的眼前和手上，她碰到了宋言知的手心，然后看见了自己白色的长满绒毛的手臂……

很可爱，也有几分熟悉。

温舒急切地喊了出来，伴随着一声猫叫，还有轻晨几人关切的声音。

"做噩梦了？怎么了？"

"小舒。"

温舒彻底醒了过来，她看着眼前熟悉的宿舍，白炽灯只开了一盏，灯光不是很亮，就她一个人刚才因为莫名其妙的困意而上床睡觉了。

手机显示现在才晚上九点，尚早。

她想了想自己刚才做的梦，算不上噩梦，可是情形很诡异。

许轻晨在拌面，手上还拿着玻璃碗，见状，问："小舒，你是不是看恐怖片了？"

"什么恐怖片，我看过没？"周君如插话道。

赵竹青停下制作简历的动作，一脸关切地看过来。

温舒轻轻叹了口气，刚才的那点奇妙触感也消失了大半："没事，就是梦见我在挑战极限，在山崖上蹦迪的那种。"

梦见自己成了不语，然后宋言知一边帮忙洗澡，一边用小黄鸭逗自己，这感觉还真不亚于在山崖上蹦迪。

尽管她坐直了身体，可是意识里她好像正躺在一块软和的布上，并且还有不知道哪里来的暖风正对着自己身上吹。

"你们谁开空调了？"她不由得问。

其他人奇怪地看着她。

许轻晨笑道："小舒，你不会是蹦迪蹦得太刺激了吧，我们宿舍不是从来不开空调吗？"

赵竹青从大一开始就让宿舍所有人都坚持锻炼，所以哪怕是寒冬时节，她们也没有开空调的习惯，更遑论现在已经算早春了。

温舒因为这奇妙的感觉有些精神恍惚，可是吹在身上的暖风并没有减弱，耳边甚至还隐隐约约出现了宋言知的声音——"好了。"低沉中略带着几分磁性。

温舒闭上眼，再睁开时，眼前陡然变得不一样了。和装饰粉嫩的宿舍截然不同，这里的装修风格偏冷淡，宋言知"巨大"的身子近在眼前，他拿着浴巾，进浴室准备洗澡。

温舒打量着自己的手脚，是纯白色的。她适应了好一会儿，方才控制着身子跳下沙发，地板光洁如新，倒映着她此时的模样。

湛蓝色的瞳孔微微泛着光，毛色很好看，毛发微膨，软软的，她看起来像是镶嵌了蓝宝石的棉花糖。

不是梦境吗？

温舒在地板上走了几步，每走一步都不忘看着地板上的倒影，以及每一个不应该错过的细节。她扭了扭头，来回踱步，挠痒痒，然后低着头，一直低到地板几乎照不出自己的模样。

嗯，不是梦境。

尽管温舒很难相信，可这真切的感受还是让她不得不承认。

更准确地说，是她的部分意识附在了不语的身上。

她可以明显地感受到宿舍的寒冷，可以看见几个室友做着不同事情的画面，当然，她也可以看见自己"棉花糖"般的身体，四周的热气包围着她，室内暖黄色的灯光依旧难以掩盖房间的冷清。

浴室传来"哗啦啦"的水声……

隔着一扇门的距离，宋言知在洗澡，而她还有九十九次爱心拥抱任务需要完成。

她不由得突发奇想，如果她现在和宋言知拥抱算不算完成任务？

温舒嘴角上扬……

在经历过最初的恐慌之后，她心中充满疑惑、新奇，还有惊喜。

赵竹青前几天和公司领导产生了一些矛盾，当天就决定辞职。

公司领导想方设法压榨实习员工，还不怀好意地企图揩油，赵竹青可是跆拳道黑带高手，直接把伸出咸猪手的领导打倒在地。

最后还是周君如和许轻晨及时赶到，拉住了赵竹青。

赵竹青现在准备给市内另外一家大公司投简历，所以需要专门针对那家公司重新制作简历，时间尚早，她已经弄好了一半。

赵竹青问："小舒，你笑什么？"

温舒咳了咳。

周君如漠然道："有问题。"

温舒赶忙解释，自己刚刚只不过是一时走神。

温舒心跳得比平时快了许多。

她屏息凝神，意识又回到了不语的身上。宋言知裹着浴袍，头发还湿着，坐在沙发上，准备用吹风机吹头发。

她忙迈着小短腿朝宋言知跑过去，几下跳到宋言知的腿上，仰着头，看着宋言知的下巴。

宋言知有些诧异，不语好像从来没有主动和自己这样亲密接触过，他右手拿着吹风机，暖风从发间吹过。

宋言知发梢的水珠落在不语的身上，凉凉的，带着淡淡的、叫作宋言知的味道。

好想给他吹头发啊。

好想抱抱他啊。

反正自己现在是不语，大胆些。

放飞自我的念头一经出现就难以磨灭，温舒在宋言知的大腿上准备起跳，打算好好抱一抱他。

然而她刚做好准备，宋言知就注意到了。

宋言知微微无奈地看了不语一眼，单手把不语放在了沙发的另一头："别闹。"

他并不喜欢肢体接触，哪怕对方是不语。

而更让人奇怪的是，不语今天晚上似乎对他过分亲密了，往常可不会这样子。

"睡觉去。"宋言知说。

不语愣了愣，可怜兮兮地坐在沙发上，带着和过去截然不同的——可爱？

清晨，夜色消退，朝阳初升，晨光挥洒人间。

逸夫楼406教室里，温舒坐在窗边，回想着自己昨天半夜偷偷进宋言知的房间看他睡颜的事，因此她还熬了夜，生怕自己提前睡着了。

前座的同学在聊天，其中一人一脸艳羡地说："你们听说了没有，宋师兄被同光心理学协会邀请参加聚会，啧啧，这次聚会很多有名气的大佬都会参加，但凡搭上了一点线，师兄毕业之后前途无量啊。"

另一人眼冒桃花，感叹真的是找不到宋师兄哪怕一点点的缺点。

同光是业内著名的心理学协会，由几位泰斗级别的人物创办，能够进入同光的无一不是心理学大师或者天资出众的青年才俊。

这节课是宋言知的课，温舒实在熬不住打了个盹，周君如掐了掐她的大腿，说："快起来，宋师兄让你回答问题。"

闻言，温舒急急忙忙地站起来。

教室人满为患，很多其他专业的同学自带小板凳坐在最后边，大家都疑惑地看向温舒。

温舒吸了口气，看见宋言知一脸冷淡的表情便明白了过来，是周君如搞得鬼。

宋言知问："你是刚才哪里听不懂？"

温舒忙摆手说自己都听懂了。宋言知点点头，然后请她把幻灯片上提到的关于躁狂抑郁症案例分析一下。

温舒脑袋昏昏沉沉的，艰难地把自己所学到的知识都套用了。

课后，她和周君如一起去食堂吃饭。周君如见她神情恍惚，怕她因为和师兄上课有了接触一下子傻了，忙问："小舒舒，你还好吗？"

温舒自然不可能就这么轻易地傻了，她昨晚可是看着宋言知的睡颜睡着的。

回到宿舍，温舒思量了会儿，给李九歌发了个消息。

温舒：亲，针对客户的需求，我认为送出爱心抱抱需要天时地利人和。

李九歌：天时地利人和？

温舒：在外散心是最容易敞开心扉接受温柔关怀的时候，你觉得是不是这个道理？伴随着徐徐春风，还有淡淡花香，送上一个温暖的拥抱……

李九歌看着这条信息，懂了她的意思。下班之后，他开车去了春华街宋言知的家，敲了好一会儿门，宋言知才开门。

"不要。"见到他，宋言知眉头紧皱，看起来好像遭遇了什么讨厌的事，并且浑身都带着戒备。

"小舅你在说什么，什么不要？"

李九歌下意识地以为房间遭贼了，一时间慌了神，准备带宋言知离开，却被宋言知躲开了。宋言知也没解释，直接去厨房倒了杯水出来。

李九歌放下几大袋零食，坐在沙发上，一副受伤的模样："小舅，你可真没良心，你姐还让我问你最近过得怎么样，看看你有没有什么缺的。"

听见他说起姐姐，宋言知眼眸微微柔和了几分，说："我最近很好。"

宋言知的姐姐宋晓同志大了他二十一岁，从小就对他很好，甚至恨不得时刻将他带在自己身边。

之前李九歌偷偷跑去做编辑，宋晓同志发了好大一通火，还是宋言知劝说，外加李九歌说可以顺便照顾小舅舅，方才平息她的怒气。

这也让李九歌莫名有些心塞，敢情自己这亲儿子没有亲弟弟讨喜。

因为自家小舅舅不喜欢和人接触，李九歌很难得才来一次，不过他这回可是带着目的来的，打算要无赖到底，待在这儿，还要蹭晚饭，反正就是不达目的誓不罢休。

"不要。"宋言知忽然又这样说道。

李九歌实在迷糊，这两句"不要"到底是对谁说的，这里除了他没有第三个人。

他又问了一声，然而宋言知依旧没解释，直接去厨房做饭了。

李九歌早就习惯了宋言知的冷淡，倒也没再多想，趁着这个空闲在屋里转悠。

桌上放着一封邀请函，他打开看了看，是同光寄过来的。他对心理学学术界不了解，但也不妨碍心里惊喜，因为聚会地点在景德镇，不正是应了那句瞌睡了有人送枕头？

这不就是现成的出门散心的机会吗，他连借口都不用再想。

"小舅，你要去景德镇？"

宋言知一边料理着西红柿，一边说自己不打算去。

李九歌怎么可能会放弃这个机会，用窝在家里怎么会找到新书灵感为由让宋言知一定要去，晓之以理动之以情，然而都不管用。

宋言知不为所动，懒得接话，李九歌直接用宋言知的电脑给邀请函上留下的邮箱发了封邮件，说明自己会到场。很快，那边就回了邮件过来，有会合地点、联系方式等内容。

饭很快就好了，宋言知的厨艺没话说，李九歌吃得急，咬了好几次舌头。

不过李九歌可没忘这次来的任务，各种撒娇威胁，总算让宋言知答应参加这次聚会。李九歌告诉他，自己已经找了人负责照顾他，那人绝对妥当，不会和他有过分接触。

宋言知没辙，没拒绝，李九歌就当他默认了。

目的达到了，李九歌回去同温舒报喜，他一脸舒心地躺在阳台上，还没嘚瑟一会儿，领导陆家辰的电话打来了。

李九歌手一抖，差点儿把手机摔在地上。他等了一会儿，铃声响第二遍的时候才接。

"知言的新书准备得怎么样了？"陆家辰的声音不冷不热。

李九歌心里却蓦地一寒，毕竟他可是见过陆家辰怎么样把一个实习编辑给气哭的。他小心翼翼地说："主编，您今天不是出差吗？"

"嗯。"陆家辰下意识地点头，"现在在酒店。"他顿了顿，用公事公办的语气说，"检查工作进度。"

温舒收到消息的时候心情不错，不住地想要揉招风的脑袋，然而今天也不知道怎么了，一向最黏她的招风竟然拒绝了，还跑得飞快。

但学生宿舍面积也不大，就这么点空间，还能跑哪里去。

没一会儿，几人联手在赵竹青的桌子上将招风抓住，它汪汪叫了几声，格外抗拒。

温舒奇怪之余，竟然觉得现在的招风有些像宋言知，像他一样拒绝着所有人，把自己藏在一个谁也不能接触的地方，连平时喜欢吃的狗粮也不吃了。

她揉着招风的脑袋，问："你是不是心里有了别的狗了？"

同光的聚会定在三月三十号，宋言知提前一天出发，晚上七点的飞机，他提前到了机场，在 VIP 休息室里坐着。

来往的旅客不住地打量着宋言知，甚至还有好几个女生组团来偷瞄他。

宋言知下载了两集电视剧坐在角落里看，这时，有个穿着咖啡色外套的女生鼓足勇气朝他走了过来。女生轻轻敲了敲桌子，引起他的注意，说："你好，我手机好像弄丢了，可以借你的手机打个电话吗？"

女生的声音甜美，如果不是这个借口太蹩脚的话，这场景堪称偶像剧，然而宋言知朝旁边挪了挪凳子，继续看电视剧。

女生深吸了口气，给自己打气，又重复了一遍刚才的话，然而宋言知恍若未闻。

"宋师兄，你在这儿啊。"

听到熟悉的声音，宋言知抬头。

温舒戴着顶渔夫帽，穿着套粉色的衣服，巧妙地站在宋言知和那个女生中间，把两人隔开。

"她是？"温舒笑着问。

那女生小脸一白，摆了摆手，说自己认错人了，然后郁闷地出了休息室。

人走了，温舒顺势坐在了宋言知身旁，宋言知觉得有些不舒服，想要坐远一些，然而温舒悄声道："宋师兄，我坐在这儿，那些搭讪的人可能就不会出现了。"

宋言知一顿，又继续看剧了。

温舒解释了一番自己出现在这里的原因，她说自己找了个兼职，负责照顾人，拿到资料之后才知道那个人竟然是他。

也不知道宋言知信不信，温舒为了防止自己紧张到说不出话来，可是拿着草稿背了十几遍。

宋言知很认真地在看剧，轻轻"嗯"了一声。温舒只觉得胸口被戳了一下，深深吸了一口气，才没有醉死在这该死的温柔乡里。

好歹是以照顾宋言知的名义来的这儿，温舒眼力见儿十足，又是买饭又是买水，见时间差不多了，还主动提醒他该去排队过安检了。

忙忙碌碌好一会儿，六点五十分的时候，温舒才终于坐上飞机，靠在座位上歇了口气。

她和宋言知的舱位隔得挺远，一个是商务舱一个是经济舱，空姐提醒大家做好准备，飞机一会儿就起飞。温舒坐在靠近过道的位置上，不住地往前看。

等到飞机平稳之后，温舒猛然想到了李九歌的提醒，宋言知坐高铁和飞机都会不舒服。她拿着新买的保温杯，往里面倒了一点安神的参片，然后让空姐倒了些开水，往商务舱走去。

一名空姐正在推销玩具，见到她站起来，有些开心，问："这位女士，您是想要了解一下这个玩具吗？"

温舒笑着拒绝了："不好意思，我是过去送水。"

空姐很体贴地让开了位置。温舒过去的时候，宋言知正眯着眼小憩，脸色不是很好。

温舒轻声唤他："宋师兄。"

第二章

初次拥抱

Xianggua Ta
Huaibi Di Mao

宋言知睡眠浅，却难得地做了个梦，这个梦境很奇妙。

温舒的声音传来，他睁开眼。

刚睡醒的宋言知像只小鹿一样，眼底被柔软和戒备铺满，温舒一颗心怦怦乱跳，把水杯递过去："喝点水再睡会舒服一些。"

宋言知道了声"谢谢"。

温舒差点儿一口气喘不上来，半是震惊半是惊喜，一路晕晕乎乎地回到了自己座位上。

这趟飞行旅程不长，然而温舒一会儿送零食，一会儿送水果，一会儿又送水，连空姐都看不下去了，小声提醒了句，温舒才作罢。

到景德镇的时候已经八点多，温舒在最后关头睡着了，醒来时看见机舱已经空了，她心里不免慌张，赶紧问空姐宋言知的去向。空姐对宋言知记忆深刻，回了句已经走了吧。

她有些着急，赶紧追出去，三月的风很大，打在人脸上生疼。她没有宋言知的电话，就差找工作人员播广播了。

不过，她看见远处的树旁站着一个人，身材颀长，气质清冷，是宋言知！

温舒总算松了口气。

宋言知能等她这件事让她倍感荣幸，就差说上一句谢主隆恩了。

两人都没有托运行李，景德镇机场很小，有专人在出口举着牌子，上面写着"宋言知"三个大字。

来接机的人远远见着宋言知，打量了几眼，惊喜道："宋先生。"

两人朝着那人走了过去，对方是个穿着牛仔外套、戴着棒球帽的青年，看起来还有些青春自由风。

一见面，那人就道："宋先生，算了，这样叫太古怪了，我喊你宋哥怎么样？你可算是来了，程叔跟我说的时候我还不相信，你可是我偶像啊，你写的论文我几乎都会背了。"

对方叫曲江星，心理学专业大四在读，父母都是心理学专家，也是同光里的大佬级别人物。

曲江星开了车来，车就停在出口外的停车区，同光在市里一家五星级酒店安排了房间。曲江星把人送到，带着宋言知还有温舒去登记。

同光给他们订的是套间，曲江星咳了咳，想要勾住宋言知的肩膀，然而被躲开了，他"哎"了声，挑眉说："宋哥，套间会不会太浪费了，要不我给你们俩换一个小一些的？"

温舒的脸倏地一烫。

宋言知和他隔开适当的安全距离，说："再开一个。"

温舒幽幽地开口："不用了，套间挺好的，这样我能更好地照顾你。"

曲江星愕然，随即默默地竖起了大拇指，旁边忽然有人喊他："小曲，你怎么到这儿来了？"

曲江星暗自翻了个白眼，然而那人像是没发现他的抗拒，笑着问：

"这位是？"

曲江星淡淡地答："王悠然，好巧。这是宋言知，我的偶像。"

王悠然西装革履，身上还带着一点点酒气，眼神桀骜，冷哼了声："宋言知，我好像听过这个名字。"他审视着眼前的几个人，忽然笑着伸手，"宋先生，你好。"

宋言知没回应他。王悠然的手放在那儿，有些尴尬，眼底愠怒，收回手："久仰大名了。"

宋言知嗓音温温润润的，拒绝人时却难免带上些冷意，他"嗯"了声，显得有些拒人于千里之外。

时间不早了，宋言知和温舒一同上楼。房间在九楼，打开门，温舒看了眼套间的布局，有两个房间里间更大也更僻静。

温舒说："宋师兄，你住里边那个房间，你饿不饿，我给你煮些吃的？"

宋言知眸光黝黑，说："我睡外边。"

月光如水，寂静无边。

温舒推开窗户，几缕春风裹挟着寒意拂来，窗外灯红酒绿，行人匆匆而过，她仔细地欣赏着景德镇的风景。

瓷都景德镇连路灯灯柱都是陶瓷的，楼下的几条小巷都铺上了碎瓷片，温舒脑袋一热，眼前忽然出现了另外一个场景。

是宋言知的家。

宋言知没有把不语放在别人家养着，李九歌主动说会过来照顾不语。

不语走到宋言知的房间，跳上书桌，书桌上有一个长得很奇怪的陶瓷娃娃，温舒匆匆看了一眼，耳边传来宋言知的声音。

"我要换衣服。"

温舒大窘，紧张得不行，一溜烟跑进里间，然后关上了门。

宋言知觉得有些不舒服，他不太习惯这种一个封闭空间下有第二个人长时间存在的感觉，可如果仔细说，最近自己的身边又何止两个人。

他拿了衣服去浴室洗澡。"哗啦啦"的水声穿过房门传到温舒的耳朵里。

温舒脸上浮现几片红云，拿着包飞也似的跑出了房间。

楼下不远处有家超市，快要关门了，她抢在关门前买了一些菜。

回到酒店，温舒敲门，等了一会儿宋言知才开门。

温舒进门后便在厨房忙活起来，为了展示厨艺，她挑选的都是一些高难度的菜，平时在家根本没弄过，可时间又急……

她看了眼宋言知，宋言知正一边看电视一边玩小游戏，认真而冷漠。

宋言知可能感受到了她的目光，偏过头，看着温舒，思量了一会儿，开口道："我来吧。"

温舒忙道："不用不用，我来，我做饭很好吃。"

一时静默，宋言知转过头。"乒乒乓乓"的声音传来，温舒还在和茄子较劲，他听得难受，起身："我来。"

温舒吓了一跳，看了眼一片狼藉的案板，犹豫了一会儿，还是选择放弃。

宋言知另外拿了把刀，手速飞快地料理着食材。

温舒看得入神，眯着眼睛，就差把眼珠子挂在宋言知身上了。

宋言知做了三个菜，色香味俱全，馋得温舒眼睛都直了，她拿了双筷子，静静地站在旁边等。

温舒的睡眠质量很好，然而半夜的时候，忽然有怪声传来，像是有什么东西被踢倒了。

小偷？

她心里一紧，随手拿了个摆设放在手里，然后悄悄打开了门。

屋子里漆黑一片，静悄悄的，银白色的月光映在房间地板上，没有想象中的小偷，她松了口气，却看见宋言知躺在床上，眉头紧皱，好像在发抖。

应该是做梦了，梦到了什么呢，温舒站在他床边，睡梦中的宋言知和平时刀枪不入的他完全不同。

她踌躇了一会儿，弯腰，轻轻抱了抱宋言知，关切道："不要害怕了，我保护你。"

这话实在让人羞涩，她在心里默念。

第一个拥抱。

一夜安眠。

同光一大早便派人来接宋言知，宋言知在业内的名气并不低，有

很多像曲江星这样的粉丝。

聚会一年举办一次，学术界的青年才俊大多被邀请过，可唯有宋言知，名气和学术水平都不弱，但因为一些特殊原因这还是宋言知第一次答应前来，不少人都很兴奋地等着看他。

在聚会开始前，还有一场学术交流会，温舒也算沾宋言知的光，跟着他一起参加了这场交流会。

交流会的主持人是业内的大佬程摇光，也就是曲江星口中的程叔叔。

早在 20 世纪 90 年代，程摇光就已经在国外许多著名的杂志发表了许多论文。

这场交流会持续了一个上午，大家进行了激烈的学术讨论。

温舒坐在宋言知后边，宋言知对待学术严谨认真，像是变了一个人似的。

遇到感兴趣的话题，宋言知侃侃而谈，王悠然好几次刁难他，都被他轻易化解。

不少前辈都点头称赞，显然对宋言知很满意。

宋言知发表的论文他们都看过，见解独到，虽然少了一些阅历，却也独出心裁。

交流会结束，程摇光等几位前辈都找了宋言知，表示了对他的肯定，他们存了心想提点宋言知，询问他接下来有什么计划，又或者要不要走学术的道路，如果要帮忙的话随时可以找他们。

宋言知礼貌应答，气度不凡，更是让众人满意。

中午，同光在万兴举办酒会，大家纷纷回去换衣服。温舒坐在房间里对着窗户发呆，她没有准备礼服，参加酒会不是在丢人吗？

宋言知也没有带礼服，他和平时穿得差不多，时间快到了，他望着窗外风景，放下杯子，道："差不多该走了。"

温舒叹了口气。有人敲门，是曲江星，他手上拿着两个袋子，一见面就笑着说："温舒，喏，衣服还有鞋子。"

温舒脸色一变："给我的？"

曲江星叹了口气："我想着你可能没带礼服，刚才找朋友送了一套过来，你看看合不合身。"

温舒接过袋子，瞥了一眼，里面是一件蓝色的礼服。

"快点换衣服，一会儿一起去。"曲江星在门口等着。

宋言知脸色冷淡，咳了咳，走到电梯口等电梯。

酒会在六楼的宴会厅，宋言知和曲江星先到。不少交流会上的人都过来敬酒、聊天，宋言知神情清冷，不过他们听说过宋言知不喜欢和人接触，也没有勉强。

王悠然却嘲讽道："一个学心理的竟然自己心理有问题，还真是有趣。"

宋言知没说话，寻了个位置独自站着。

温舒在他们下去没多久后也到了，蓝色礼服穿在身上还有些不习惯，她只在学校的一次圣诞舞会上被室友逼着穿过礼服，自己看着还有些不自在。

觥筹交错，气氛很好，学心理的大多身上都带着一点令人舒服的气息，温舒有些紧张，只希望自己千万不要在这种场合丢宋言知的脸。

有个女生主动凑了过来，她穿着粉色长裙，温声道："温小姐，你和宋言知是什么关系啊？"

温舒嘴里还有一块甜点，忙吞下去，摆好姿势道："我和宋师兄是同一所学校的。"

那人"哦"了一声，看起来有些开心，自我介绍她叫游苑，喜欢宋言知好久了，刚才差点儿还以为温舒是宋言知女朋友，原来不是。

这个叫游苑的人莫名对她有些敌意，不过宋言知的魅力可还真是无限啊，以至于温舒不仅要防备学校里的女生，还要防备校外的一大堆情敌。

不过温舒颇为欣赏她们的眼光，见状，慢慢说道："宋师兄人很好，看起来很冷，可是和他恋爱却特别舒服。"

恋爱？谁？游苑仔细揣摩着这两句话，眼神锐利，脸上忽然挂起笑容："宋言知和你在一起了？"

温舒顾左右而言他，不正面回答。

游苑冷笑道："宋言知最后一定会和我在一起。"

这种没有营养的狠话实在让人提不起兴趣，温舒微微一笑："嗯，我等着看。"

曲江星大概知道宋言知的禁忌了，他站在安全距离之外，说："宋哥，温舒好像被人找碴儿了，你还不快点去救场，小心回去之后她让你睡地板。"

"她不是我女朋友。"宋言知开口。

音乐声缓缓响起，曲江星了然，笑道："一看你的表情就知道这句话很违心，我知道了，你和温舒现在在吵架是吗，我懂。"

曲江星看出来宋言知的言不由衷，其实他应该挺在意温舒的。

温舒见招拆招，短时间内倒也不落下风，反倒把游苑给气急了。没一会儿，就听见游苑的惊呼声，众人看过去，只见游苑侧坐在地上，长裙下摆被撕裂了一道口子。

温舒"唉"了一声，这游苑还真不是一般人，她明明看见对方的长裙不在自己脚边，真会演。

然而感叹之余，温舒只能道歉。游苑找到机会装可怜，旁边的人聚过来，有熟人关切道："游苑，你没事吧？"

"没事，就是脚有点疼，好像崴了。"

游苑倒吸了口气，演技卓绝，还真是实力派。温舒问："游小姐，需要喊救护车吗？"

游苑没有回应她的话，余光瞥见宋言知来了才抬头，眼神楚楚可怜，状似无意地想扶住旁边的宋言知，却被躲开了，她抓了个空，尴尬极了。

曲江星就爱凑热闹，恨不得场面再乱一点才好，他说："宋哥，你帮个忙把人给扶起来吧。"

游苑心里一紧，然而宋言知没有半点要动的意愿，他转身欲离开。

曲江星默默笑着。游苑一咬牙，起身想要抓住宋言知，然而她没站稳，竟然由抓转向推，把宋言知朝前方推了出去。

温舒吓了一跳，四周惊呼声一片，她管不了宋言知的恐慌，右脚朝前一跨，左手正好扶住了宋言知的脖子，右手抓住了宋言知的手。

他们以一种电视剧常出现的方式四目相对，周围所有人的眼里都在默默放光，现场看到的可比电视剧里的精彩多了。

不知道是谁的手机铃声打破了寂静，宋言知面色沉静，哪怕是在这个时候，依旧显得从容无比。温舒被看得慌了，想要赶紧放手。

不过她刚才那个姿势虽然很帅，却也让她的高跟鞋跟承受了不小的压力，鞋跟竟然直接断了。

她脚下不稳，身体往下坠，手下意识地使劲抓牢了支点，然后下一秒，直接扑在了宋言知的身上，额头正好磕在宋言知的下巴上，头顶传来宋言知温热的呼吸。

四周的惊呼声再次迎来一阵高潮。

这大概是宋言知记事以来，第一次和人这样亲密接触。

昨晚上的事他并不知道，不然算起来就是第二次了。

他浑身发抖，勉强忍着不适，说："起来。"

语气是一贯的冷淡。

纵然温舒刚才表现得无比勇敢，仍旧不可避免地有些忐忑，脑子里更是乱想着宋言知会不会就这样把自己拉入黑名单。

她尴尬地起身，曲江星递给了她一双鞋子，是他同酒店工作人员借的。

程摇光等人走过来关切地询问，宋言知礼貌地应了声，脸色又恢复了寻常模样，那样冷淡，那样疏离。

　　酒会结束，宋言知和温舒两人回房间收拾东西，曲江星跟了上去。他央求宋言知再多待几天，这个时节，附近一处景点的油菜花开得正好，一边欣赏一边交流多好。

　　他缠人的功夫可不一般，就连温舒都有些心动，然而在看到宋言知的眼神后，她迅速放弃帮腔的念头，默默地去收拾衣服。

　　"明天一天。"宋言知出人意料地答应了。

　　曲江星愣了愣，跳了起来，笑得特别灿烂。温舒有些不解，但她自然不会反驳，又将收拾好了的东西放了出来。

　　晚上，曲江星带他们在夜市的一家大排档吃烧烤。

　　夜风微凉，有些寒意，夜市却并不冷清。一张张桌子连成长条，人们围坐着畅聊、大口地吃着烤串，烟火气十足。

　　温舒用开水烫了下碗筷递给宋言知，曲江星把菜单递给她："你来点吧。"

　　她看了眼宋言知，思量了会儿，问了下两人的忌口和喜好，然后看着点了一些。

　　身后有一桌人概是附近中学的高中生，下了晚自习过来吃夜宵，三男两女，穿着校服，一脸朝气。

　　曲江星有一搭没一搭地和宋言知聊天，偶像在场，他倒也没有浪费时间，将自己平时碰到的一些问题都问了出来。

大概是因为已经是晚上了，宋言知身上的气质略微柔和了些，认真回应了几个问题。

温舒认真听着，突然身后传来一声爆笑，她奇怪地看了一眼，他们似乎在玩真心话大冒险。

有个模样清秀的男生似乎因为回答不上来问题要受到惩罚，另外一个女高中生扫视着周围，咳了咳，悄悄和其他人商量了起来。

他们讨论的声音不算大，却也听得见一些。女生似乎在说，就罚江桐去向那个漂亮姐姐要电话号码。

温舒略微有些不好的预感，身后传来拖动椅子的声音，几秒钟后，男生站在温舒旁边，局促地看着她："你好，可以……"

问题还没有问完整，就被一道冷得仿佛带着寒冰的声音打断："不可以。"

男生站在原地，他的同学在后边看好戏。曲江星有些迷糊，他刚才全神贯注地听宋言知和他讲解专业知识，一时之间没反应过来。

宋言知安静地坐着，目光清淡，男生却觉得他投过来的目光特别锐利，紧张得更加说不出话来。

宋言知道："好好学习最重要。"

男生慌慌张张的，像是见到班主任一样，飞快地鞠了一躬，然后回去了。曲江星大概看明白了，笑着对温舒说："看不出来现在的小男生胆子还挺大的。"

温舒有些混乱，相比被动参与大冒险，刚才宋言知说出那样的话才更让人奇怪，他到底是因为什么才开口，温舒脑子里陡然出现一个念头。

因为自己？

这个念头一闪而过，瞬间被删除了出去，怎么可能！

这时，大排档的老板风风火火地将烤串送了上来。温舒放下疑问，开始品尝美食。那桌高中生里的小女生还在窃窃私语，像是在说如果宋言知是她们的老师，她们上课一定会更加认真，又说羡慕温舒，两人看起来感情好好呀。

温舒嘴角微微上扬，哪怕知道这些话不过是胡乱臆测，心情仍旧莫名好了几分。

景德镇的冷粉还有饺子粑挺有名，温舒吃得眉眼舒展，看起来很放松。

共享美食的时光总是短暂，白天的酒会还没有这顿夜宵来得好。曲江星去上洗手间，桌上一时有些安静，宋言知自带气场，无论在哪儿都像是天然冰库。

温舒将筷子放下来，道：“宋师兄。”

宋言知看向她，现在已经是后半夜，乌云遮蔽月光，天色更显暗淡。温舒想要挑个话题，却不知道如何开口，仓促道：“你想听笑话吗？”

和安静相比，尴尬更让人难过，很遗憾，温舒觉得自己半分长进都没有，竟然连聊天也可以聊成这样。

宋言知神色平静，道：“你说。”

宋言知接了话茬，温舒自己却不知道怎么再接下去。好在曲江星出来了，他结了账，笑着说：“今天运气不错，老板娘生日，老板给我们打了八八折。"

温舒胡乱应了下来，然后起身准备离开。曲江星挑挑眉，不明所以，将两人送回了酒店。

酒店房间里，宋言知正在洗漱。温舒默默地把手放在胸口上，心扑通扑通地跳个不停。

翌日清晨，曲江星一大早就来接人，景区虽然不算太大，可要在一天内逛完还是有些仓促，所以早些开车过去为好。

温舒顶着熊猫眼出现，看来昨晚睡眠质量不佳。曲江星乐了，赶忙打听八卦，被温舒瞪了一眼。

曲江星事先找人做了攻略，行程安排得不错，饶是如此，一天下来仍旧累得浑身快要散架了，温舒很不幸地感冒了。

离开时，宋言知让温舒改订高铁票，高铁虽然时间久了点，但是更宽松舒适。温舒原本想硬撑着照顾宋言知，然而吃了几粒感冒药后，困意不自觉地涌了上来。

她就这样迷迷糊糊地睡了过去，窗外景色飞逝，路过青葱森林和田野，以及整齐的徽派建筑。

温舒睡得很沉，身体不自觉地随着座椅晃了晃，她扭了扭头，眼看着就要撞上窗户，宋言知下意识地将她拉住，而温舒顺着这股力道自然地将头枕在宋言知的肩上。

肩头落下一点点的重量，带着些许热度和不知名的感觉。

宋言知从心底生出一点抗拒，想要将造成自己不舒服的源头推开，最终却微微垂下眸光，静默不动。

他余光看向窗外，莫名柔软。

李九歌日常催促温舒抓紧将拥抱送出去，一定要加油温暖宋言知的心。

可温舒回校之后感冒并没有好转，她脑袋昏昏沉沉的，草草应了句，又睡了过去。

夜晚，温舒在不语身上醒来，她不愿动，就软软地躺在书桌上。宋言知倒了杯水，然后继续修改一篇学术论文。

灯光下，宋言知认认真真地查找资料，温舒中途又睡过去几次，每次都匆匆抬眼然后又将眼皮合起，而宋言知连姿势都没有变，一直忙到深夜。

外界只当他是天才，却没有人知道他从未因为自己的一点天赋而骄傲，也从未停下前进的步子。他孜孜不倦，由衷地喜欢并且热爱心理学，付出了许多努力和时间，一步步脚踏实地，获得成就，赢得赞誉。

不语身上不知道什么时候被盖了一张小小的黄色卡通毛巾，毛巾还是李九歌送给不语的，毛茸茸的很舒服，它睡得更深了些。

醒来时，温舒的感冒终于好了，发软的身子有了些力气。

许轻晨带了份清粥回来，见她醒来，松了口气，说："你要是再不好起来，我们都要打电话喊救护车了。喏，喝些粥，一会儿是你师兄的课，要是可以起来就一起去上课吧。"

　　温舒换了衣服，喝了几口清粥，然后跟着许轻晨一起去上课。宋言知的课一向人满为患，好在室友周君如靠着一身学霸气息强势地占了两个位置。

　　她们到教室时，宋言知还没来。过了一会儿，温舒方才看见他走进大教室，一同进门的还有另外几个同学，温舒的目光却不可避免地只注意到了他一个人。

　　他眼神如常，也不曾因为和温舒的短暂相处而多看她两眼，这让温舒有些失落，一节大课失神许久，还是室友喊她，她才知道已经下课了。

　　南风浅淡地刮着，宋言知下了课就先回家了，他步履微快，然而脑子倏地有些眩晕，他心下了然，瞥见路边的长椅，缓缓挪了过去。

　　他舒了口气，脸颊无端地红了几分，身体微微僵硬，有些无措。正巧这时手机响了，他眼神深沉，接起道："宁师兄。"

　　电话那头的声音爽朗清澈，富有磁性："言知，你声音怎么有些奇怪，生病了？"

　　宋言知回道："不是，你怎么这时候打电话给我？你那边现在不是深夜吗？"

　　宁世尘带着笑意，语气轻松，揶揄道："我现在在机场，飞机延误了。"

　　他周围人群嘈杂，哪怕是深夜，机场仍旧喧嚣无比，他坐在椅子上，看了一眼四周，平时还不觉得，原来自己也会因为候机而变得轻松。

宋言知微诧："又是去哪个国家交流吗？"

"这次不是去交流，是回家，回去找你蹭饭吃。"宁世尘语气里带着莫名的怅然和欣喜。

他只比宋言知大两届，却已经是青年心理学家的领头人，在宋言知崭露头角的时候，他已经在国外有了不小的名气。

有人觉得他们两人作为同一领域同一年龄段的心理学研究者，应当对对方带有天然的敌意，可让人意外的是，他们私底下的关系相当不错。

这次国内一档新推出的真人悬疑推理秀节目联系上了宁世尘，正好他手上的一个课题刚完工，他准备好好休息一段时间，就答应了下来。

宁世尘看着时间准备登机了，如无意外，他们明天就可以见到对方了。

挂断电话，宁世尘去倒了杯热水。

饮水机旁边，一个戴着口罩和桃色帽子的女人坐在地上，她的登机牌从口袋里掉了出来。宁世尘看了一眼，竟然和自己是同一班次，出于礼貌，他弯腰喊了声。

那人大概太累了，没有半点反应，他只能上手拍了拍她的肩。就在他的手刚碰上这人的肩膀时，突然被反握住，而后那人抬头，露出厌恶且乖张的眼神。

他有几分诧异，却依旧耐心地用英文描述了一遍前因后果，那人皱着眉头，好像在思考真假。过了一会儿，那人松手，警告道："不要乱碰别人。"

宁世尘表情平和，并没有因此生气，他转身去往登机口，人潮涌动。他顺着指引来到飞机的商务舱，在靠椅上坐下。

他系上安全带，闭眼揉了揉太阳穴，旁边的座椅有人坐了下来。

是个熟悉的身影，还真是巧啊，宁世尘心道，然后拿起一旁放置的杂志翻看。

杂志的封面人物是个戴着黑色面纱、穿着深红色礼服的中国女星，五官深刻美丽。

——裴瑾念。

在大洋的另一边，金色阳光明媚而温暖，呜呜咽咽的声音出现在宿舍内，周君如冷冷地对着宿舍某个角落里的招风，下最后通牒："再不出来就别怪我动手了。"

许轻晨面有难色，似乎觉得有些太过残忍了，然而眼角藏着的笑意却还是出卖了她的本性："小风风，你就换吧。"

招风缩在墙角瑟瑟发抖，却怎么也不想出来。

赵竹青的一个同学在某宝上开了家宠物用品店，知道她们宿舍有狗后，给了她们一整箱的狗粮、玩具以及让招风受到惊吓的宠物衣。

几个人觉得放着也是浪费，索性给招风试试。

宠物衣有粉色的、红色的、小碎花的……

招风可是十成十的公狗，表现得很嫌弃，挣扎着不肯穿，然而宿舍拢共就这么一丁点大的地方，不过一会儿，它就被堵到了墙角。

招风最近总是莫名冷淡，不让人碰。温舒也挺想看看它穿小粉红裙子的模样。等了一会儿，招风还是惨遭毒手了，温舒把它抱在宿舍的那面白色全身镜前仔细转了转。

"真可爱，是不是呀？"她握着招风的两只前足，一脸笑意，然后蹭了蹭招风的脸颊，揉了揉它的大脑袋。

第三章

神秘世界

温舒终于松了口气，宿舍静悄悄的，室友们应当都去图书馆了，而昨晚发生的事让她现在还有些紧张。

但和她研究这段时间身体变化得出的猜测一样，每隔三天，自己的意识就会进入到不语的身体里。只是这个结果并没有专业认证，只是猜测罢了，将来到底会出现怎样的变化，她无法想象。

一切都不可知，也难以预测，就如同这个从天而降的"能力"一样。

为了避免引起室友的怀疑，出现难以处理的场面，温舒决定搬离宿舍。

温舒行动力不弱，第二天就在校内一个租房群里找了一个即将毕业的学姐准备转租的公寓。

她花了一个下午去看房子，环境还不错，房子在一楼，是一室一厅的小公寓，就在学校外不远处。学姐人美心善，除了提供租房友情价，连带着里边的一些小家具学姐也都赠送给了她。

晚上，周君如放下书，眼皮一闭一睁，旋即似笑非笑地盯着温舒，语气严肃认真道："说，你是不是瞒着我们谈恋爱了？"

温舒心一紧，喉咙有些发干，连忙否认道："瞎说什么呢。我天天和你们在一起，哪有时间谈恋爱！"她低着头，眼神飘忽，拿起桌

上的一本书翻来覆去地看。

许轻晨眉头一皱，不过她也觉得有点道理，她们这段时间和温舒几乎天天待在一起，也很少见温舒用手机聊天，更没有"作案"的时间和条件。

可同学说看见温舒在租房，那又是什么原因，难不成是错觉？

"不要被敌人给轻易迷惑了，要知道敌人可是你逻辑严谨的心理学专业同学，虽然平时成绩比我还要差上两分。"周君如无奈地看着许轻晨，心想还真是天真，"罪犯"又怎么会这么简单的就交代犯罪事实呢。

周君如将某同学看到温舒的时间地点都说得清清楚楚，然而温舒面不改色心不跳，回了句那只是在帮别人忙。时间不足，外加无凭无据，众人僵持了一会儿，只能将这事翻篇。

然而谁又能想到，嫌疑人并非毫无时间，毫无准备，就在夜深人静时，在她们的眼皮子底下，温舒以另一种"形式"静静地陪着宋言知。

这一段奇妙旅程不知道什么时候才可以分享，温舒有些说不出的愧疚。

公寓角落放了几盆花，花苞上还带着一点水珠，自从搬到这个"秘密基地"，温舒又重新添了几样物件，跳蚤市场上淘来的碎花桌布、木质灯架、藤椅，让这个"基地"更显温暖。

她喝了杯水，躺在两人座的布艺沙发上，闭眼等待着。

大约十分钟后，月牙儿散着微末月光，温舒睁开眼时，自己已经出现在了宋言知的家中，食盆里还有一点饼干残渣，有种特别的香气。

"喵……"

温舒扫了眼，宋师兄呢，他不在吗？屋内安静得过分，她迈着小碎步，优雅地走着，凭着记忆走到了书房。

书房的门没关，灯光幽幽地映在地面上。

宋言知的气味就在书房内，温舒加快了步子，进去之后就看见散了一地的文稿，宋言知倒在地上闭着眼，侧脸泛红，五官立体又柔和，显得十分脆弱。

小白猫快走了几步，将猫爪轻柔地放在宋言知的额头上，温舒嘶了声，应该是发烧了，依照这个情况来看只怕程度还不轻。

睡着的宋言知有种异常的孤独感，温舒沉默了两秒，越强大的人越脆弱，这话终归有几分道理。

她跳上书桌，宋言知的手机还在桌上，没有设置密码，她操控着猫爪准备解锁，然后发现她竟然遭遇了一个难以想象的困难。

她此刻的身体能跑能跳，但手机虚拟键有些小，她的小肉掌总是摁偏，摁了一会儿还是没摁对地方。

等到好一会儿，她成功打通了急救电话，手机里传来女声："你好，这里是 120 服务中心。"

"喵……喵……"

"你好，喂，请问有人吗？"

服务中心的客服人员奇怪地皱了皱眉，旁边同事见状问了句，她挂断电话回答："应该是打错了，不过，我怎么好像听见有猫叫声。"

温舒无奈地跳下书桌，她怎么可以指望有人听得懂猫语呢，然而宋言知的病情耽误不得，怎么办？

她推了推宋言知的肩膀，可只是徒劳，宋言知连动都不动。温舒又闭上眼，试图回到自己原本的身体里。

可任凭她怎么努力，都无法在短时间内回到自己的身体，她几乎在瞬间暴躁了起来，一次次地闭眼，又一次次失望。

她看着宋言知僵硬地蜷缩着，透着说不出的难受。

灯光温暖而明亮，却掩盖不住她内心的焦虑，再等下去，宋言知恐怕就要彻底烧糊涂了。

温舒靠近宋言知的身体，企图温暖对方，就在她几乎要绝望的时候，意识突然模糊，熟悉又陌生的感觉袭来。

睁开眼时，她的眼前是公寓墙壁，她好像又恢复了正常。温舒来不及感慨神奇的经历，她连忙起身，想要在最短的时间内到达宋言知家。

夜幕伴随着点点月光，萦绕在四周。

温舒打了车，匆匆赶到宋言知家，然而大门紧闭，这家的主人又已经不省人事了。她瞥见了两米高的围墙，咬牙，踩着一截废弃木板翻了过去。落地时发出"砰"的一声，脚踝受力过重，一股疼痛感传来。

温舒没有停留，她咬牙往前跑。但房子正门没有钥匙依旧开不了，她刚才意识在不语身上时就应该先把门打开的。她抽着气，自嘲地想了想，仰头看了一眼二楼阳台，旁边那棵香樟树青翠欲滴，她缓慢地爬上香樟树，顺着枝干横跨到了二楼的护栏内。

温舒身上沾了几片樟树叶，露水已经渗进了她的衣服，她赶紧去书房找宋言知。

不语在宋言知身边守着，"喵"了好几声，她有些心疼这一对主仆，揉了揉不语的脑袋，接着下意识地用手微微抬起了宋言知的头，枕在自己手臂上。冰凉和温热碰撞，像是一块烙铁突然被放在了水里，久违的清凉让昏过去的宋言知眉毛舒展了些，迷迷糊糊间将眼睛睁开一条缝。

这么近的距离，近到眼前之人的睫毛都仿佛可以数清楚，然而宋言知脑子昏昏沉沉的，很快就又睡了过去。

温舒的脸陡然红了起来，心道还真是倒霉，怎么自己的病刚好，宋言知又生病了。

不语趴在宋言知的脑袋旁，无辜地瞪着大眼睛，"喵"了一声。温舒咳了咳，将宋言知靠在书桌旁，再从急救箱里找到了冰贴和退烧药。

喂了宋言知一粒退烧药，温舒松了口气，然后又从卧室拿了床被子盖在他身上。

弄好这些，她才有空打量四周，这还是她自己第一次真正地站在宋言知的书房中，而那个曾经见到过的很有趣的陶瓷娃娃此刻就放在桌上，肥嘟嘟，小小个。

很可爱。

阳光透过窗户照射进来，温暖而柔软，宋言知的嘴唇有些发干，他动了动手脚，掀开被子，身上的睡衣还带着湿意。

桌上放着一杯水，杯壁还带着一点水雾，旁边有退烧药，宋言知伸手拿起药，脑海里浮现出温舒秀气可爱的脸。

不知何时开始，他竟然没有第一时间生气对方闯入了自己的私人空间。他揭开药，就着水吞了下去，然后走向窗前推开窗。

明媚的阳光洒在身上，春风拂面，他浑身好像都轻松了很多。

课堂上，温舒有些失神，满脑子都在想宋师兄现在怎么样了，退烧了没有。许轻晨整理好书本说："一会儿下了课去那家新开的烤肉店吃吧，今天开业大酬宾，八折优惠。"

"可以，不过我得先去图书馆还书，再喊上竹青。"周君如应了下来。

"温舒，哎，温舒，你觉得怎么样？"许轻晨问。

"什么？"温舒扭头，许轻晨又重复了一遍。

温舒"哦"了一声，答："行。"

三人一同离开教室，刚到拐角，忽然有个人不知道从哪里钻了出来，好似早有准备一般。来人鼓足勇气站在温舒面前，许轻晨"咦"了一声正要说话，周君如眼疾手快地把人拉走了。

来人五官清秀，虽然算不上帅气，可一眼看过去让人好感顿生。他酝酿了好一会儿，方才鼓足勇气道："温师姐，我已经喜欢你很久了，你能不能和我在一起？"

温舒顿了顿，刚要说话，对方连忙道："都忘了自我介绍，温师姐，我是大二的张纯，你的直系学弟，迎新晚会上表演过小品。上学期运动会上，你参加女子跳高还是我给你检录的。"

张纯约莫很紧张，语速飞快。

这些零碎的记忆温舒已经记不清楚了，但这并不妨碍温舒拒绝对方，她已经有喜欢的人了。

张纯从背后拿出一封情书，纸上画了一个偌大的爱心。突然，一个人走了过来，淡淡地对温舒道："跟我去趟图书馆，有事。"

"宋师兄！"张纯双眼瞪大，被向来生人勿近的宋言知给吓了一跳。他也是宋言知的粉丝，当下怀着对偶像的崇敬之情问了声好。

然而宋言知没有回应，他留下这句话后就顺着走廊离开了。温舒有些摸不着头脑，目光追随着宋言知，过了一会儿才对张纯歉然道："不好意思了。"

张纯好脾气地摆了摆手："没事的师姐，你有事就先去忙吧。宋师兄找你肯定有事，那我就先走了。"

温舒舒了口气，她对拒绝人这种事实在算不上擅长，好在宋言知及时出现。

对了，她忽然想到宋言知说有事，连忙小跑着跟过去。

温舒一路小跑才追上了宋言知，宋言知站在马克思的雕像旁等她。温舒问："宋师兄，你找我有事？"

宋言知嗓音清冽，瞥了眼她明显有些不对劲的右脚，眉眼微挑，很快又恢复了平静，答："没什么，就是，你的实践课题记得早点定下来。"说完便离开了。

温舒有些摸不着头脑，这个很急吗？

宋言知帮专业课林老师暂时代上一段时间的课，上个礼拜林老师才动完手术，还在医院，就和宋言知商量着留了一个情感主题的作业。

这个主题有些宽泛，所以预留给同学们考虑课题的时间很充足，下下个礼拜才开始收课题，下个月才上交课题报告，温舒本来打算拖到下个礼拜再开始考虑。

她远远地看着宋言知离开，觉得有些不对劲，可一时之间又不知道是哪里不对，心想宋言知难不成烧糊涂了？

桌上的海棠开得灿烂，李九歌同时回复了几个作者的信息，今天的工作总算差不多结束，他抿了口咖啡，放松下来。

这时，陆家辰推开办公室门，看着李九歌说："进来一下。"

李九歌心里"咯噔"一下，主编今天早上脸色似乎不太好，不会是要挨批了吧。他草草地收拾了几份文件走进办公室，带上门，借着余光偷瞄领导。

陆家辰慢条斯理道："知言新书开篇交了吗？"

李九歌松了口气，眉毛上扬，他将那几份文档递给陆家辰。陆家辰接过，仔细翻阅了起来。两万字的开头并不算长，陆家辰看得还算快，李九歌却只觉得度秒如年，就这样静默了十五分钟。

书页停止翻动，"嘭"的一声，李九歌一怔，陆家辰终于不再严肃，点点头道："不错，知言说了预计什么时候可以完稿吗？"

李九歌心头的大石总算落了下来，小舅舅这次真是救命了，他飞快应道："应该再有两个月就可以完稿了，拿到全稿我一定第一时间就给您过目。"

"嗯。"陆家辰回。

"那主编，您没事的话我就先走了，我还有好多工作要处理。"他一向怵陆家辰，总觉得这人就像是藏地里的獒犬，就算不做什么都让人心惊，背地里更是称他为冷面领导。

陆家辰说："等会儿。"

他从抽屉里拿出一份歌帝梵巧克力，推向李九歌："朋友送了盒巧克力，我不爱吃甜食，你喜欢吃的话就拿走吧。"

在李九歌眼里，恐怖上司突然释放善意好比世界末日，如果自己拒绝了不知道对方会不会立刻变身恐怖怪兽把自己捶扁，他客气地道了声谢，带着巧克力出了办公室。

同事们都在认真工作，李九歌内心怅然，心想自己可能是第一个从大老虎手上拿好处的人了，不过想到这一切应该是因为自己小舅舅的新书，得意之余压力也暴涨起来。

宋言知的开篇剧情在设置上自然是没有问题的，最为关键的是风格渐渐变得柔和了起来，风花雪月往往是构成言情故事的重要元素，而宋言知的这本书已经渐渐带了个中三昧。

像是高原冰层上忽然长出了一朵小花，虽然脆弱却真实，美丽且温柔。

他忽然敬佩起了温舒，原本只是死马当活马医，可现在看来，自己还真是瞎猫碰上死耗子，原来自己那油盐不进的小舅舅也能够被人力所攻破。

有句老话怎么说，英雄难过美人关。不过既然效果这么好，他倒是不介意再添上几分柴火。

一盒巧克力莫名激起了李九歌的胆气，他难得不拖沓，没多久就同宋言知坦白了想要找个人照顾宋言知饮食起居的想法，也好专心写稿。

他为此更是酝酿了许多的借口和托词，连小舅舅可能会拒绝的一百零八种语境都想好了，谁知道自家小舅舅竟然只是回了一个简单的"嗯"。

什么叫"嗯"？

是漠视还是无所谓，更或者是无声地反抗？李九歌难得手足无措，却也担心小舅舅反悔，连借口也懒得寻了，直接离开宋言知的家，呼吸到外界的空气方才放松了下来。

他这次出门开了自己的小座驾，宋言知前两年觉得他年纪小就在外工作，于是买了辆大众给他代步，他的小舅舅虽然面上总是不爱搭理他，心底指不定多疼他。

他自恋地揣测着，开着车。还没驶出路口，前方突然出现了一个人，身手看起来还不错，见车速不快大喊了一声，然后顺势躺了下来。幸好李九歌眼疾手快，虽然慌了一刹那，却还是及时刹车了。

那人自顾自地挪了挪，正好卡在车头底下，紧接着哭天抢地地喊："救命，撞死人了，肇事者准备逃逸。"

这人虽然喊得可怜，但中气十足，也不知道得是"多重"的伤才可以让他这样生龙活虎。

李九歌不是没见过泼皮无赖，别看他年纪小就好忽悠，他甚至颇有闲心地回车里将那盒巧克力拆了，一边剥巧克力，一边看着那人表演。

他其实不爱吃甜食，可惜车里实在没有瓜子等应景的小零食。

这里是路口，人来人往的，也聚集了不少人围观，只不过这些吃瓜群众大多不傻，分分钟看穿骗子套路，还有位好心大爷问李九歌要不要报警，他儿子是警察，就负责这一片。

李九歌正要应下来，一个西装革履的高大青年挤进了人群，看了眼地上躺着的那个人，开口："小李，需要帮忙吗？"

陆家辰被一个关系亲近的叔叔邀请去做客，喝完茶正准备回家，因为听见熟悉的声音所以朝这儿多看了几眼。之后便看见了李九歌，一双眼睛灵气逼人，恣意而青春，印象中的李九歌总是小心翼翼，和现在完全不一样。

地上躺着的那人见着这个看起来武力值不低的大高个和车主认识，再加上旁人帮忙，再不走只怕真要去公安局了，只能悻悻地站了起来，骂了声晦气，飞也似的离开了人群。

人群散了开来，只剩下他们两个人，李九歌顿时不知道怎么沟通了，准备上车又觉得太不礼貌，只能左顾右盼地问："主编你要去哪儿，要不我送你？"

这只不过是场面话，谁知道陆家辰快他一步，神情自如地打开副驾驶的车门，答应道："好。"

李九歌彻底不知道怎么办了。

陆家辰上了车，系好安全带，看向他："不上车？还有，下班之后就不用喊我主编了，我们年纪也没有差很大，直接喊我名字就好了。"

"好的主编。"李九歌说完就后悔了，随即放弃了说话这项并不擅长的技能。

马路上，一辆大众开得越发慢了，后方，许多司机咬牙切齿，火气莫名上涌，前边这是什么乌龟车，留出那一段路等人比赛？

"你很紧张？"陆家辰微微挑眉。

李九歌右眼皮跳了跳："不……不紧张。"

陆家辰点点头不说话。

夜晚的街头灯红酒绿，川流不息。

宁世尘提前了十分钟到京都大酒店，跟着服务员走进早就订好的包厢。

几乎前后脚，包厢进来了两个人。三人各自问了声好，穿着红色卫衣、三十岁上下的青年叫杨三，是真人悬疑推理秀的制片人，另外一个鬈发微胖的青年是节目组的导演骆怀希。

之后又陆陆续续来了人，和音APP的网红二熊、在热播青春剧里饰演男主的纪一风、知名高智商主持人魏子从，他们几人就是这档节目的固定嘉宾。

人还没有到齐，杨三接了个电话后让大家先吃着，最后一个人刚从摄影棚赶过来，还要等一会儿。

作为这档真人推理秀的策划者，杨三先说了下自己对这档节目的想法，他到底想要以什么样的形式呈现，以及最终想要达成什么样的效果。

宁世尘曾经上过一档闯关类节目，并不算生手，只听着，不时搭上几句话。

二熊虽然在网上视频中活泼热切，真人竟有些拘束缄默，一直吃着菜不怎么说话。几个人第一次见面，难免有些生疏，好在魏子从擅长聊天，外加宁世尘恰到好处的搭话，营造了平和顺畅的气氛。

觥筹交错，气氛活络了起来，他们年纪相差无几，相处起来自然亲近得快一些。

就在这时，包厢的门开了，穿着米色大衣戴着驼色帽子的女人走进来。杨三酒劲上头，脸颊红了大半，说话都有些大舌头，却还是站起来介绍道："这位就是我们节目请来的最后一位大咖了，裴瑾念。"

纪一风不住地偷瞄了裴瑾念几眼，一副偶像出没的神情，魏子从则亲切地喊了句"念念"。裴瑾念上过不止一次魏子从的节目，两人关系还算不错。

宁世尘放下酒杯，抬头看过去，裴瑾念将帽子摘下，两人目光交汇了一瞬，对方的眼神有些凶狠。宁世尘有过刹那的惊讶，很快又恢复如常，礼貌地笑了笑。

这人似乎是飞机上的邻座？

裴瑾念不知道对方有没有认出自己，她倒是记得宁世尘，很烦人，这是她脑海中对这个人的唯一印象。

"是裴老师，我……我是您的粉丝，我真的特别喜欢您。"二熊刚才喝了一杯红酒，恰好壮了胆，现在着实兴奋不已，犹豫了一会儿之后还是喊出声。

裴瑾念不怎么爱说话，语气有些爱答不理，整个人骄傲非常，但在一旁观察的宁世尘微微一笑。

虽然裴瑾念表现出性格不好的模样，不爱和人接触，但她和人交谈时一直全神贯注地倾听，哪怕并不回答，或者回答的话语不太中听。

"裴老师，你好。"宁世尘举着酒杯。

裴瑾念小声地"哼"了声，大概只有宁世尘才听得见。

二熊迈着小步子，不知道从哪儿弄来了一支马克笔："裴老师，您能给我签个名吗，我真的特别特别喜欢您。"

裴瑾念皱着眉接过马克笔，随后在二熊的要求下签在了上衣的背后。纪一风一直偷看，似乎跃跃欲试，骆怀希笑着道："裴老师可不要厚此薄彼，我们这么多人可都是你的粉丝。"

饭局到了尾声。

大家简单认识了一番，众人举杯预祝节目顺利。散场后，骆怀希扶着颤颤巍巍走不动路的杨三和纪一风去厕所，二熊得了签名心满意足地离开。

魏子从正好走出包厢，问："念念，需要我送你回去吗？"

裴瑾念没有喝酒，拒绝了。魏子从笑笑，摆了摆手道了句再见。

戴上帽子和口罩，裴瑾念下了楼，身材出众如她，哪怕不露脸也赢得了许多目光。到酒店门口的时候，宁世尘不知道什么时候下楼的，就在她身旁："裴老师有空吗？"

"我开了车，不需要送。"裴瑾念语气里满满的嫌弃。

谁知宁世尘嘴角上扬，道："那太好了，我住的酒店有点远，这个点很难打车，裴老师，可以麻烦你送我回去吗？"

还真是平生第一次。

四周灯光明亮，她仔细地打量着宁世尘，五官棱角分明，样貌倒也还行，身上散发着高知的妥帖和自信，仿佛对什么事都云淡风轻，就是这脸皮似乎比平常人厚了许多。

宁世尘任对方打量，没一会儿，裴瑾念利落地道了声"跟上"，接着上了她的那辆越野车。

窗外景色变幻，裴瑾念循着导航开车。在一个路口等待红灯时，车内太过安静，让人有些尴尬不适，宁世尘适时开口说："裴老师的新剧什么时候播？"

裴瑾念嗤笑了声："我还以为像你这样研究心理学的人会说出不一样的话呢，是不是时刻想要探询对方的隐私，然后抽丝剥茧般地套路对方。"她倒是记得杨三介绍时说，宁世尘是心理学界的高才生，业内名气也算是响亮。

　　周围没有其他人，裴瑾念也懒得给什么好脸色。

　　宁世尘有些无辜地回道："我只是从一个热心粉丝的角度问问而已，毕竟裴老师的剧可是出了名的好看。"

　　反正夸人不用成本，也不知道真假。

　　裴瑾念一噎，这算是小小地吃了个闷亏吧。

第四章

优秀的我

Xiangyao Ta
Huaili De Mao

温舒在路口等人，没一会儿，李九歌精神奕奕地出现，两人还是第一次线下见面。

虽然李九歌已经工作了几年，可两人年纪差不多大，他明明一脸兴奋，却故作流泪的模样说道："恩人，终于见到你了。"

温舒吓了一跳，旋即想到自己之前也算是救人了吧，于是颇为心安理得地接受了"恩人"这个称呼。

李九歌原先就过了宋言知那一关，温舒很爽快地答应了照顾宋言知的事，两人便约好了时间一起去宋言知家。

想到自己小舅舅的古怪脾气，李九歌仍旧不放心，提前打预防针："温舒啊，就算实在受不了他的脾气，也请你多担待一下，救人救到底，我现在可是把所有的希望都放在了你身上。"

温舒忍不住反驳道："其实他还挺好的，没有你说得这样不近人情。"

李九歌登时脸上挂着"你怎么了，是什么让你说出这种违心话"的神情。

温舒仔细思量了会儿："宋师兄课讲得不错，人又聪明，还在各大核心期刊上发表过论文，而且，宋师兄人长得也很帅。"

温舒细数和宋言知的接触，好像除了最初因为"九十九个拥抱"上门被拒绝过，似乎之后见面时都不觉得宋言知有多么难以接触。

她细数着宋言知的优点，恨不得把他说得天上有地上无，世上只有一个宋言知似的。

大门"咔"一声打开，李九歌还未来得及问温舒口中的宋师兄是怎么回事就愣住了。温舒仍旧滔滔不绝地夸赞着，好一会儿才结束。

她总结："宋师兄若是生在古代，绝对是风华绝代的人物。"

温舒微笑着，侧身准备继续向前走，然而向前一步竟然直接撞到了人，入目所见是宽阔的胸膛和白皙的脖子，以及……宋言知面无表情的脸。

温舒尴尬地挥了挥手，心虚地露出假笑，只希望刚才说的话没被宋言知听见，那可真是丢死人了："宋师兄，好巧，你也住这儿。不是，你怎么来了啊？"

李九歌一个头两个大，忙上前解围，一本正经地胡编道："小舅，她刚才撞电线杆上了，现在头脑有些不清醒，我们快进去吧。"

"对对对，就是撞电线杆上了。"温舒病急乱投医，索性顺着李九歌的话接下去。

宋言知没说话，转身回屋。

温舒有些懊恼，"唉"了声，不知道是不是错觉，她竟然看见宋言知似乎在笑，温润的春风吹过发梢，带起一点点暖意。

可不论真假，她都真心觉得宋言知嘴角明显有了弧度，如同晨光一般令人瞩目。

进了屋，宋言知倒了两杯热茶，李九歌想要缓解刚才的尴尬气氛，便问道："温舒，你是我小舅的师妹？"

温舒抿了口热茶，暖流渐渐滑入胃中，回道："对，宋师兄大了我三届，而且宋师兄还给我们代了一段时间的课。"

李九歌登时惊呼出声："这么有缘，那正好，你待在这儿照顾我小舅，还可以顺带取取经，学习学习。"

而后，他又扭头朝着宋言知说："小舅，你可要好好教教温舒，不要整天一动不动像块木头。"

温舒大窘，正准备拒绝，她胆子哪有这么大，敢请教宋言知。不过，宋言知已经先一步回应了："学术上的难题可以直接问我。"

温舒忍不住咳了咳，赶紧道了声谢表示自己知道了。

李九歌几欲落泪，这种和谐的场面实在是太难得了，温舒肩上还担着自己的前途和未来，心底对温舒更是生出了无限感激。

照他看来，现在效果已经这么好了，想来过不了多久，小舅舅写出来的小说指不定多甜蜜。

宋言知还有课题论文没有写完，待了一会儿就回房间了，李九歌顺势对温舒道："快煮饭去，给我小舅看看什么叫'暖暖的充满爱的美食'，暖一暖他冰冷的心。"

温舒有些不忍伤害李九歌，她在景德镇就已经知道了自己的技术绝对没有机会抓住男人的胃。

特别是宋言知的胃。

她含糊其词，同李九歌打马虎眼，她好歹也是心理学出身的，没一会儿就转移了话题。

在书房坐着的宋言知正在沉思，没有正经在写论文，反倒像是一本正经地偷听！

不多时，宋言知站起来，走到书房的窗户前，对着玻璃多看了几眼自己的样子和身材，他很少关注这个，但……

好像，是很帅。

少了宋言知在场，李九歌和温舒两人渐渐开始放飞自我，东扯西扯，又有意无意地将话题引到了宋言知身上。

李九歌私下一向快言快语，半是无奈半是打趣道："直接问吧，你想问我小舅什么问题，放心，我绝对知无不言、言无不尽。"

温舒下意识地想说自己一点也不好奇，然而最后还是选择放弃伪装，她用小拇指比画道："我就是有一点点好奇！"

"好，我就当作只有一点点好了，"李九歌笑着说，"快问吧，错过这次下次求我我也不说了。"

没有任何停顿，温舒快言快语："宋师兄是不是从小就很优秀？"

李九歌答："那当然，你都想象不出来，一箱箱的情书扔进垃圾桶时，那些小姑娘的落寞和悲凉。每天晚上想要偷偷在他桌子里放礼物的人，甚至为了那一点狭小的空间都快打起来了。

"每天还有人堵在家门口装作偶遇，找借口一起上学。"

温舒神色微不可见地严肃了起来，拿起杯子喝了口水，不知不觉间坐得笔直："那宋师兄接受了吗？我就是好奇，难得有机会可以听宋师兄的过去，他在学校可是特别难接近的。"

李九歌沉思了一会儿："让我想想，印象中好像是有那么几个女生特别不错，叫……"

温舒注视着他，谁知道李九歌暗自偷笑，接着露出一副原来如此的神色道："温舒，你喜欢我小舅啊。"

突然被人戳穿了心底深处的小秘密，猝不及防之下，温舒有些说不出的忐忑和慌张，心虚地看向书房，心想可千万不要被听见。

"拐弯抹角问了我这么多，现在总算是说出真心话了吧，温舒同学，我很看好你。这样看起来，我们俩之间的约定肯定可以很快就结束。"李九歌露出得意的神情，挑了挑眉，不由得想到要是把今天发现的八卦告诉自家"太后娘娘"会是什么样的光景。

大概会老怀安慰，感慨老宋家终于有喜事了，当然，也有可能会老远赶过来给小舅把关。

李九歌原本还想再问一些八卦，谁知道温舒主动说要去做饭，不想应付他了。

这时，宋言知正好从书房走出来，脚步声清晰入耳。他走进厨房，语气淡然："我来吧。"

温舒看看客厅里的李九歌，不想出去，一边将西红柿的蒂取下，一边小声哀求道："宋师兄，你都这么累了，还是我帮忙好了，我刀工特别厉害。"

宋言知随意地瞥了眼温舒，手上的活没停。

温舒一秒变了风向，又说："我刀工虽然是差了些，可我尝菜技术不错。"

宋言知将刨好的黄瓜又放在篓子里清洗了一遍，这才说："那你把冰箱里的翅中拿出来解冻吧。"

温舒有些惊喜，轻快地应了下来。

很快，桌上摆满了热腾腾的饭菜，色香味俱全。李九歌拿了碗筷，兴冲冲地尝了口，毫不客气地夸了句好吃："温舒，看不出来，你手艺不错啊。"

温舒尴尬地笑笑，心想她只不过打了下手，你都吃过这么多次了，难道还尝不出这些菜到底是谁做的吗？

她心头惴惴不安，有些恍惚，自己以照顾宋言知为借口待在这儿，可现在看来，自己其实是一个累赘吧，会不会这一顿饭之后宋言知就忽然反悔，不希望自己待在他身边了？

食欲和心情总是有种莫名的联系，温舒胃口顿时有些不太好，李九歌将筷子伸向可乐鸡翅大快朵颐，温舒却对着一块黄瓜片食之无味。

宋言知坐在对面，看了她一眼，旋即目光又落在了自己的碗里，语气平和而冷淡："快吃吧。"

温舒讶异地看着宋言知，不知怎么，突然就安心了几分，重新恢复了作为一个吃货的超强战斗力。

一顿饭尚未结束，李九歌接了一个电话皱着眉不情愿地离开，听情况好像是印刷厂那边将内页的纸张用错了，难得的假期结果碰上这

事，着实让人心塞，走之前他还郑重其事地同宋言知说了句别欺负小
姑娘。

温舒脸皮一向不薄，这时脸颊却莫名发烫。

她尴尬地笑了笑，饭桌上的气氛也变得有些诡异。

饭后，她收拾碗筷，宋言知没有拒绝，温舒将剩菜用保鲜膜封好
后放进冰箱，厨房也都简单收拾了一下。

温舒在橱柜里看到了几袋零食，是很普通的薯片和一些蜜饯果冻，
只不过奇怪的是，那些零食的牌子和口味都和自己平时吃的差不多。
她心头的疑虑一闪而过，却也没有深究。

毕竟是用照顾人的理由来到宋言知的身边，温舒还是颇为敬业地
做了家务，仔细想想，这种不需要技术仅靠体力的工作还真是适合她。

玻璃被擦得洁净无比，阳台上的几盆小盆栽也都一一浇了水，甚
至连浴室的灯泡都忍不住检查了一遍，最后终于在某个角落发现了一
处坏了的地方。

温舒松了口气，觉得自己总算有价值了，她几乎第一时间出门去
附近的便利店买了合适的灯泡，留下宋言知坐在客厅里看学术杂志。

回来之后，温舒问了一下家用梯子在哪儿，宋言知答："在二楼
的储藏室，你要用？"

"换个灯泡。"温舒迈着步子上了楼，家用梯子并不算重，因而
宋言知虽然准备帮忙，可温舒还是打消了他的这个想法。

这可是她"建功立业"的好时机。

表现欲突然十分强烈的温舒搭好梯子，瞥见宋言知在看杂志，下意识地放轻动作，屋内寂静，只隐隐听见一点梯子因为踩动而产生的细碎声响。

　　窗明几净的屋子里，俊秀冷淡的青年正在看书，而围着围裙的少女正踩上了梯子的第五格。

　　只听见"啊"的一声，梯子摇摇晃晃，温舒左脚已经虚踩在空气中，就要摔下来。幸好灯泡已经换上了，不然她这一摔可亏大发了。

　　电光石火之间，她被人抱住了，温舒跌入一个带着些许疏离的怀抱。

　　被宋言知搂住的那一刻，温舒浑身上下都觉得羞耻，从梯子上摔下来实在不算大事，可此刻她脑海中浮现的竟然是电视剧里的戏码。

　　可原本她不屑一顾的剧情落在自己身上时，只有意外和惊喜。

　　就像经年暴晒而荒芜的戈壁上，微末的缝隙中突然撑起了一点点绿色，渺小却非凡。也许在某一天，绿意汇聚成了大海，偌大的戈壁郁郁葱葱，清凉而鲜艳。

　　会有这么一天的，她这样想。

　　不语和主人一样喜静，一直在阳台处晒太阳，听到梯子掉落的声响慢悠悠地走了过来。它弓着背，伸了个懒腰，"喵"了一声，奇怪地看着温舒，也许是觉得这时的温舒顺眼了一些，于是自然地走到两人的脚下，蹲了下来，蜷缩着，又开始进入沉思状态。

　　温舒心跳得越发快了起来，慌忙向后退了一步，道："宋师兄，多谢你了。"

　　她心乱如麻，索性不再说话，将那个旧灯泡处理掉，把梯子搬到了楼上。

晚上，吃过饭后，她将碗筷洗了，准备离开。

宋言知忽然说："你上课有什么不懂的地方现在可以问我。"

温舒想要离开的心思一下子冲散了，她眯着眼，想到了还没有准备好的情感课题，小声问道："宋师兄，我可以研究你吗？"

这句话委实有些无礼，还带有歧义，温舒立刻又解释道："我只是觉得如果研究对象是你的话，可能对这个课题更好一些，碰到的一些问题也可以直接和你说，而且这样也方便，还有……"

温舒一连说出了许多这样做的好处，可到后面几乎是生搬硬套，还语无伦次的。

宋言知凝视了温舒几秒，揉了揉躺在身边睡觉的不语的脑袋，细碎的绒毛摩擦着他的手心，软软的，很舒服。

不语突然抬头，今天这是怎么回事？铲屎官转了性子？

"可以。这个课题你想要研究哪方面？"

就这么轻松地答应了？温舒几乎不敢相信。

走之前，宋言知送了她一瓶跌打药水，可她今天从梯子上摔下的时候并未伤到。

她想拒绝，然而宋言知已经转身回去了。

自从有了官方理由之后，温舒出现在宋言知家里的次数也越发多了起来，她堂而皇之地窝在了宋言知的家中。

可就算这样，对着总是摆着冷淡神情的宋言知，她仍旧带着几分不自信。于是除了日常的交流外，待在宋言知家的时候，温舒便看书，看书，以及看书。

宋言知坐在沙发的这头，温舒便坐在沙发的另外一头，全神贯注地阅读课堂笔记。她上课认真，笔记记得满满当当的。

门铃响动，温舒放下书，起身去开门。

站在门口的是一个高大俊秀的青年，一只手里还握着银色行李箱的把手。温舒一愣，这个男人她好像在哪儿见过，不过刹那她就想起来了，惊喜道："你是宁师兄！"

虽然在这三年时间里，她只在一次学校开讲座时远远看见过宁世尘一眼，但是心理学专业的同学应当不会认不出他。

宁世尘曾经也是学校的风云人物，阳光帅气、大方俊秀，在校园贴吧和表白墙上可是被实名表白了许多次，令人艳羡。

温舒好奇地猜测着宁世尘来这儿的原因，想到网上的一些关于高手之间的名气之战，又或者瑜亮之争，她毫无疑问地当成是对方来挑战宋言知了。

可挑战就挑战，怎么还带着行李箱？

宁世尘迟疑地看着温舒，习惯性地露出笑容，笑意阳光而温暖，问："你是？"

是宋言知接的话，他也走了过来，站在了温舒身侧，有些奇怪，但语气熟稔："你怎么突然来了，不是要去录节目吗？"

宁世尘目光在眼前的两人身上游移了几秒，恍然，旋即说："已经录完第一期了，第二期过几天才开始录制，正好有时间，我就干脆回来找你聊聊天。怎么，不欢迎？我还是住酒店好了，省得被人记恨。"

他话里有话，温舒看了宋言知一眼，急忙摆手解释道："不是，不是，宁师兄，我不住在这儿，你别误会了。"

清凉的风吹过几人身侧，宋言知认真地看着宁世尘，好像带着一丝警告的意味，说："不要吓唬人，一会儿自己收拾你的房间。"

宁世尘的眼神很友善，然而被他看上那么两眼，温舒瞬间觉得自己无所遁形。

看得出来宁世尘对宋言知的家很熟悉，他进屋将行李箱随手放在了楼梯口，然后走到阳台上，拍了拍手，笑着道："不语。"

小白猫高傲地看了宁世尘一眼，打了个哈欠以示知道了，而后又继续舒服无比地在阳台上吹风。

宁世尘"啧"了声，说："不语和你越来越像了啊，现在变得一点也不黏人了。"

宋言知将宁世尘的行李箱提上了楼，草草地应了声。

温舒兑了杯蜂蜜柚子茶端给宁世尘，宁世尘道了声谢，然后，阳台上的不语像是闻到了熟悉的气味，松了松略胖的身子，优雅地走来，用爪子抓了抓温舒的裤腿。

温舒清理猫砂时沾上了一些不语的味道，小白猫约莫闻到了，所以特地卖卖萌奖励铲屎官。

宁世尘是知道不语的性格的，笑着说："不语好像和你很熟。"

温舒心想，任谁在经历过那样神奇莫测的事情之后也会觉得对方熟悉无比，就算它只是只可爱的小白猫。

但这样光怪陆离的事又是无论如何都不能说出去的，更何况这种事也没人会相信。她打了个哈哈混了过去，接着道："宁师兄，你和宋师兄看起来很熟。"

"怎么，"宁世尘喝了口柚子茶，一身凉意渐渐被驱散，揶揄道，"是不是觉得很奇怪？我和宋言知应该和网上说的那样，一见面就吵，互相不对付。看到这样很遗憾吗？"

温舒咳了咳，老实回答："只是觉得有些好奇，似乎和传闻里的不一样。"

宁世尘解释："说起来也简单，不过是你宋师兄太过厉害，我们俩见面的时候，我被他狠虐了一顿，我心服口服，索性认输算了。"

温舒当然不会相信，很快，宋言知下楼，让宁世尘自己去整理房间。

春意正浓。

温舒提前离开了，宋言知从沙发上起身送温舒。宁世尘低声笑了起来，还真是不撒点狗粮不开心。

回到公寓，温舒细心地将一切准备好，晚上，熟悉的感觉又来了。当她睁眼的时候，已经出现在了宋言知的家中。

屋内静悄悄的，显得房子格外地大与冷清，宁世尘并不在家，她如同往常一般踩着猫步闻着宋言知的味道到了卧室。

宋言知刚洗完澡，穿着浴袍坐在床上，发梢湿漉漉的，露出俊秀干净的五官，以及那一双乌黑静默的眼睛。他的锁骨处还有水珠缓缓滑落，浑身上下比平时少了些冷冽气息。

而这一切落在温舒眼中，是全然不同却又让人移不开眼的宋言知。

小白猫忍不住闭上眼睛，这也太好看了。

宋师兄到底为什么可以长得这么好看！

它"喵"了一声，像是在表示感慨，明明害羞至极却瞬间轻快地跳上了床，在宋言知要把它赶下去之前跳到了宋言知的胸口处，并且极为不适宜地蹭了蹭。

宋言知有些吃痛，闷哼一声，眉头微皱。不语喜静不喜动，很少锻炼，身上长着一层膘，看起来虽然只是略胖，可这猛地一跳带来的冲击力非同一般。

他向来不喜欢有生物进入他的安全距离之内，左手自然地准备将这只又一次"突然"不听话的小猫抱下去。然而温舒怎么可能会被这样轻易解决？爪子牢牢地拽住了宋言知的浴袍，略肥的小猫脸可怜兮兮地看着宋言知。

"喵——"

不想下去，想要留在这儿。

宋言知自然听不懂猫语，可是他好像看得懂不语此刻的表情。温舒原本以为他会不管不顾地将自己抱下去，宋言知不知想到了什么，眉眼微微放松了下，任由小白猫趴在了他的胸口处。

这可真是突如其来的惊喜。

温舒平时从不敢做的事，现在可没了这么多的顾忌。宋师兄的胸膛似乎比想象中的还要宽阔，她四平八稳地趴在宋言知胸口处，着实又开创了一种猫生新姿势。

贴近心脏的位置，连"咚——咚——"的心跳声都清晰无比。

宋言知伸手想要将床头柜上的杂志取过来，觉察到不语似乎睡着了，又将伸出去的手收了回来。

他微微低着头，不语睡得很沉，和往常不太一样，都说主人和宠物相处越久就会越像。曾经，宋言知还以为是自己的浅眠和习惯影响到了不语，可是现在看来，大概是不语没有找到一个可以完全放松的位置吧。

就像他当初一样。

不语闭着眼，一声轻飘飘的喵声响起。在梦中，温舒满足又愉悦地说着梦话，落在宋言知耳边则是一道微弱的"喵"。

这是和宋言知的第几个拥抱？

不管了，她先小憩一会儿。

夜色遮蔽天际，一家藏在巷子内的烧烤店，门口穿着军绿色工作衣的大叔正忙着烤串，烟气随着一台大风扇向四周跑去，一张张方桌被摆在巷子里，坐着许多食客。

穿着各色衣服的年轻人以及中年人热闹地拼酒，也有拿着点零钱下楼吃夜宵的少年。

这条小吃街的地理位置不算太好，坐落在江门市的东南角，客流量不算大，可老市民都知道，这条街应当是市里最早的小吃街。

现在越来越多的美食广场建了起来，餐厅和饭馆层出不穷，可让人欣慰的是，仍旧有不少老食客忘不了记忆中的味道。

烧烤店门口摆着个招牌，还是几个月前新换上的会发光的那种款式——如鱼烧烤。

坐在门口的那一桌客人又点了一扎啤酒，正在结账的服务员戴着口罩，在一本简易的账单本子上算着，应了声"好的，马上来"。

宁世尘饭后散步时，不自觉走到了这条街上，好些年都没来过这儿了，不过这儿的烟火气让人有种熟悉感，是小时候的味道。

平心而论，这儿大概是他小时候的噩梦存在地，有凶狠讨厌的坏人，也有炎热无边的暑期，有嘈杂的蝉鸣和难闻的味道，还有一个人。

一个他不知道能不能找到的人。

他顺着巷子挨家挨户看过去，一直走到一家烧烤店门前才停下脚步。

胡椒粉和特色酱料的味道顺着大风扇散在空中，他看了看这家店的招牌。店门口还有一张桌子空着，宁世尘坐了过去。

烧烤店里的服务员拿着菜单走了出来，宁世尘接过菜单，映入眼帘的是一双好看的手，白皙修长，倒还真不像是长时间在烧烤店工作的人会拥有的手。

他抬头看了眼对方，服务员用口罩和帽子遮挡住了脸，只隐约看得见那一双好看的眉眼。他循着菜单点了毛豆、螺蛳，还有一些蔬菜、肉串以及啤酒。

"就先这些吧，谢谢。"

服务员轻轻应了声，声音不知怎么的竟然有些粗犷，和她浑身上下散发着的气质着实不相符。宁世尘奇怪地看了她一眼，在服务员准备进店准备食物的时候喊住了她："等等。"

"怎么了？"沙哑粗犷的声音传来。

宁世尘偏过头，有些好奇地开口："没事了。"

服务员大方地将围裙扯了扯，进入烧烤店内。

正在店内串蔬菜串的中年女人看见她这样，关切道："小念，你是不是累了，累了就快去歇着，这些事我自己来就行了。"

"徐丰，你别休息了，快点帮忙。"和对服务员的语气截然不同，然而任谁都看得出来，中年女人凶巴巴的语气下藏着温柔。

"没事，徐婶，我可以的。"服务员回答道，是与刚才不同的清脆又柔和的声音。

被唤作徐丰的少年大约十四岁，在烧烤店的一角玩游戏。他抬起头，露出属于少年人干净的眉眼，满脸不情不愿，说："念念姐，我现在可是处在'生死攸关'的时刻，正在进行一场男人之间的对决，实在没空帮忙。"

徐婶吸了口气，放下烤串："让你帮忙你还说这么多废话，还男人之间的对决，你念念姐平时这么疼你，关键时刻你不得发挥一下男子气概？"

徐丰十分委屈，他的念念姐忍不住笑，但是想到外面还有个烦人精，于是走近了几步，在徐丰耳边小声说："想不想要最新款的游戏机？

现在去把外面那人打发走，我就送你。"

一听见游戏机，少年双眼登时放光，瞥了眼徐婶，拍了拍胸膛，保证道："成交！"

徐丰放下手机，拿了块抹布走出去。

宁世尘正在看手机，真人秀的节目组团队已经开始宣发了，并且还在某博上艾特了他和其他人。

杨三提前就知会过他了，所以宁世尘第一时间转发并且评论了官博。

宁世尘：期待节目播出后的效果，欢迎各位朋友们指导，然后就是注意观察裴老师，会有惊喜。

杨三的原博同样带上了裴瑾念，裴瑾念也转发并且评论了，只有短短的一句，"第一个消失的人不是我，期待播出"。

二熊还有魏子从等人的评论也都在下方，然而在原博下方热门评论里，被一众看客和粉丝顶到了第一以及第二的评论，是宁世尘和裴瑾念的。

两条热评相互挨着，内容看起来虽然没有关联，可落在想象力丰富的网友眼中就不一般了。有裴瑾念的粉丝吐槽哪里来的小网红想要蹭他们家念念热度，人家念念压根儿不搭理你好不好，不要自作多情了。

同样，宁世尘的颜粉以及学术粉也有不少，因此两边的人在底下开启了战斗模式，不过一会儿就将整个评论区淹没了。一边虽然人数众多战力却不强，另一边却从宁世尘平时微博分享的资料里学了几手，辩论起来有理有据，短时间看，倒是不分伯仲。

其实宁世尘只是想到了录制现场发生的事顺口喊话，不过由此引出的热度倒是始料未及的。

没过多久，热搜榜上就出现了新词条——心理学者跨界蹭裴瑾念热度。

他刷了一会儿手机，方桌突然被人敲了敲，他平视前方。徐丰皱着眉冷冰冰地说："不好意思，你刚才点的东西都卖完了。"

宁世尘认真地看着徐丰："那我点其他的。"

"其他的也都卖完了。"徐丰快言快语。

想要赶他走？

他望了店内一眼，刚才那名服务员正在上菜，注意到他的目光旋即收回了视线。

宁世尘微微一怔，露出笑意，目光幽幽地看着徐丰。

没一会儿，徐丰回到店里，虽然气息很颓唐，却一脸兴奋。

服务员问："走了吗？"

徐丰咬着牙，有些犹豫，片刻后还是坦然道："念念姐，实在对不起，我叛变了。"徐丰兴奋地解释，"他答应带我上荣耀王者。"

徐丰逃也似的帮忙上菜去了，她愤愤地"哼"了声，这人一点也不靠谱。

"好歹在机场我也帮过你，这样无端赶人走，好像很不礼貌。"宁世尘声音清澈阳光，缓缓道，"裴老师。"

口罩和帽子没能遮掩住裴瑾念出挑的气质，那一双迷人的眼睛同样让人难以忘记。裴瑾念抬头，她的目光并没有躲藏，丝毫不顾忌此刻所处的环境。

视线交汇，好似有硝烟弥漫，裴瑾念先说话打破了寂静："知道是我还不快走？"

宁世尘不为所动，旁边的徐婶见状走过来询问，裴瑾念狠狠地瞪了宁世尘一眼，同徐婶说："没事，就是客人要加菜而已。"

徐婶"噢"了一声回到后厨，宁世尘理直气壮地说："裴老师难道是要给我加菜？"

还真是难得的厚脸皮啊，她只得恶狠狠地用只有两个人才能听见的声音道："吃完就走，还有，别说在这儿见过我。"

知名一线女艺人和小巷烧烤店的服务员，任谁也想不出来，这两个身份会在一个人身上重合。哪怕是宁世尘也难以置信，他的好奇心越发旺盛。

"好的，裴老师。"宁世尘认真地答应了下来。

第五章

雨打人间

Xiangyue Ta
Huanli Di Mao

繁星不知何时将夜空点缀，夜已深沉。

宁世尘生活得相当规律，哪怕是朝气蓬勃、恣意自在的高中和大学时期，都很少有深夜在外的经历。然而今天一直到凌晨两点，他仍旧安静地吃着烧烤，除了总是喜欢喊店内那个戴着帽子的高挑服务员做这做那之外，没有一丝不耐烦。

小巷内的小吃店大多开始收摊，烟气渐熄，只剩下零散几人还坐着。

又过了一会儿，徐婶将一些盘子洗净，瞥了眼店外那个孤零零坐了几个小时的青年，忍不住问："小念，那是你朋友？"

裴瑾念忙了一晚上，手腕有些发酸，她揉了揉手腕，虽然略显嫌弃，却还是说："见过几面，不是很熟。"

徐婶"哎"了一声，连忙说："小念，你刚才就应该和我说的，既然是你朋友，这顿饭肯定就不能收钱了。"

在门口烤了一晚上烤串的徐叔刚坐下休息没一会儿，听了之后连忙附和。

徐叔一家都是极为温柔善良的人，从她记事起就是如此，连一句重话都不曾听他们夫妻说过。徐叔徐婶一直把裴瑾念当女儿看待，小时候裴瑾念成绩不好，为了躲避家人的责问，三天两头往烧烤店跑，关系自然亲近。

宁世尘是她的朋友，在徐叔他们看来请他吃饭也是应该的。

裴瑾念无法阻止长辈的善意，只能委婉劝道："不过就是见过几面，他也不缺钱。"而且为了堵住他的嘴，这顿饭落到最后，还不是她掏钱。

徐婶被裴瑾念一顿糊弄才放弃多做几个菜的想法。看了下时间，裴瑾念温声道："已经很晚了，叔叔你们都快去休息吧，我先回去了。"

"快去吧，下次就不要来了，多累啊。小念啊，你看看被这烟熏得，本来水嫩嫩的皮肤都变差了。"徐婶心疼地看着裴瑾念。

裴瑾念脱了围裙去楼上换上大衣，下楼时，宁世尘已经等了很久了。

"裴老师，蹭车。"宁世尘微笑道。

裴瑾念和宁世尘一同走出店门。徐丰迷迷糊糊醒来，远远冲着宁世尘比了个手势，宁世尘回了个知道了的动作。

两人到裴瑾念停车的地方。在车前，裴瑾念又恢复了之前冷淡漠然的神情："你故意来这儿找我？"

语气中透着不加掩饰的嫌弃。

不过这可冤枉宁世尘了，他抽出插在裤袋里的手，道："当然不是。我得了空顺便回母校待几天，现在住在一个关系要好的师弟那儿，只是晚上闲逛逛到了这儿而已。我又不是侦探，打听得到你在这儿。"

宁世尘看着裴瑾念戒备的神情，明明之前表现得不近人情，然而在如鱼烧烤见到的她，又带着烟火气，对嘈杂的环境没有任何的嫌弃。

两人初见时，裴瑾念浑身带刺，戒备而冷漠，第一期节目录制中，裴瑾念得到他的帮助时，表面上不喜欢，心里却十分别扭。

而今晚，伴随着烟火气，她在他面前展现出了一个更为真实的自己。

他看见了裴瑾念藏在冰冷面孔下温柔的一面。

出于职业惯性，宁世尘忍不住开始揣摩缘由，在一瞬间列举了许多的可能。

裴瑾念想了想，这个理由还算合理，她打开车门，发车时又强调了一遍："不许告诉别人在这儿见过我。"

宁世尘心细如尘，心想应该是为了保护徐叔一家不被骚扰，答："放心吧，裴老师。"

裴瑾念自己也不知道怎么回事，每次只要看见宁世尘便无端有些不开心，然而对方如此知趣，她竟然都不好意思过于严苛了。

宁世尘有一搭没一搭地同裴瑾念聊天："裴老师，要不下一期我们提前结盟组个队？"

裴瑾念秒回："没兴趣。"

宁世尘嘴角微勾，也没有再邀请。

到了春华街宋言知家的门口，宁世尘下车，挥了挥手示意，车上那人看也不看直接开走了。

宁世尘笑笑，转身，在大门口站了一会儿，忽然一僵。宋言知给他的钥匙他忘带了，而这个时间点，宋言知会下楼开门的可能性更是微乎其微。

裴瑾念回到家就更晚了，很少有人知道她竟然在这儿还有一套房子，离曾经的老房子不远。她泡了个热水澡，换上粉色睡衣，然后踩着兔子拖鞋回了卧室。

房间干净整洁，到处都充斥着少女心的粉色。

她躺在卧室的懒人沙发上，将地毯上的笔记本电脑拿起来，打开，页面停留在了文档的最后一页。

——在月色和穹苍混为一体之时，问心铃突然动了起来，从远处走来一个捧着盆七叶君兰的仙人。铃铛无风自动，很多年之后，有人为此专门做了一个专题，在专题版面介绍时曾用了一句话。

——那句话语焉不详，很突兀。有传言是一株千年草妖王未得道时，所听见琉璃天君的凡人道身和折言道人对话中的只言片语。

……

裴瑾念登上江寒网更新了最新番外，如果作者身份被人知道的话，大概又要兴起好大一股风浪了。风头正盛的女演员裴瑾念竟然还是知名网站作者，并且擅长的还是玛丽苏文，最新一本就是披着仙侠的皮写的——《元华不夜天》。

这样换皮不换骨的结果就是粉丝纷纷直呼真香。

她更新没一会儿，就有许多熬夜党评论。

折言不二粉：番外就没了吗，青大不能再补几章吗？

官方认证粉头：好的，今晚依旧是上头的一天，熬夜成就达成。

裴瑾念轻声笑了笑，在评论区道了声晚安。

温柔的灯光将整个房间点亮，裴瑾念放松地看着天花板，忽然想到了第一期节目录制时的宁世尘。

他的确是放了水。

落地窗被人推开，昨夜下了一场大雨，阳台上还有些积水，倒映着几簇绿叶。宁世尘前天已经出发去参与节目录制了，偌大的房子又只剩下宋言知和温舒。

宋言知被系里教授喊去帮忙，临出门前忽然停下，回头对准备做一次大扫除的温舒道："一会儿去超市买点菜，我今天回来得晚，可能来不及买，料酒也可以买一瓶。"

温舒愣了愣，匆忙应了下来。

宋言知点了点头出门，只留下了温舒一个人在家。温舒想着刚才那一幕，明明平淡而寻常，然而当说出这话的是宋言知的时候，瞬间变得不再寻常了。

最近一段时间，温舒和宋言知的相处模式变得越发简单，最明显的变化莫过于宋言知说的话也多了一些，连带着身上那拒人于千里之外的气息也淡了。

温舒接了水，仔细地将客厅地板都拖了一遍，然后开始擦桌子。整理完客厅，她开始收拾书房，宋言知很爱干净，书房整洁无比，不同的文件材料和书都归置得很整齐，她的任务其实很轻松。

打印机的墨盒没有墨了，她从书架上找到了新的墨盒换好，一扭头，就看见书桌上的陶瓷娃娃正对着她。

这个陶瓷娃娃她见过很多次。

也许是错觉，但她隐约觉得，宋言知似乎对这个陶瓷娃娃很不一般。

主人不在，温舒小心地把那个陶瓷娃娃拿在手上仔细打量。陶瓷娃娃不大，比手掌还要小一半，圆圆的，看起来就很可爱，不仅有酒窝，扎着辫子，还穿着小裙子。

手机铃声忽然响了，吓了她一跳，她手一抖，手上的陶瓷娃娃登时就要跳出手掌。温舒一颗心都快要跳到嗓子眼，她右手倏地伸出，及时将陶瓷娃娃抓住，总算将意外扼杀了。

她松了口气，小心地把陶瓷娃娃放回书桌上，然后接通电话，是赵竹青打来的："小舒，今晚六点红时代见面，轻晨生日，我们仨先去那儿准备。"

温舒："好，我知道了，我会早点去的。赵同学今天似乎很有空，你这个工作狂现在不应该在工作？"

赵竹青难得休息，靠在椅子上微微苦笑，连续一个礼拜几乎无休，好在这个项目客户满意，领导一开心立刻放了她两天假，正好赶上了许轻晨的生日。

赵竹青道："别说我，你不也总是不回宿舍？绝对有鬼，说，到底是不是和你的宋师兄双宿双栖去了？"

温舒的脸颊陡然发烫，什么双宿双栖，他们现在顶多是半同居！想到这儿，她不由得正色，她现在正在经历人生道路上非常关键的一段路。

约好了时间，温舒抓紧大扫除，约莫十点的时候，总算将房子整理了个遍，身上都冒了些汗。不语被强行换了几个位置，已经不耐烦了，这会儿怒气冲冲地冲着温舒"喵喵"叫。

温舒见着小白猫这副模样，当即笑了笑，伸了个懒腰，将它抱在怀里给它顺毛，顺着它脊背温柔地抚摸。

因为自家铲屎官的性情，这还是不语第一次被顺毛，虽然李九歌多次想要给它顺毛，可它不愿意。此刻，不语舒服地用爪子挠了挠头，想要在温舒怀里睡觉，然而温舒没空抱着它，把它放下，温声说："现在我还有事，晚点再给你挠痒痒，我要去买菜了。"

她换了鞋，从玄关架子上拿了包出门。

江门今天是阴天，乌云密布，一层层墨色渐染，看起来似乎很快就要下雨。不过她都已经锁上了门，心想反正也不过是买个菜，就没再拿伞。

研究生楼四楼的办公室，王教授喝了口茶，在他前方还坐着系里的老师以及让人无法忽视的宋言知。

王教授对宋言知很看好，从宋言知大一时就发现了他在学术研究上的天分，不骄不躁，不疾不徐，并且很有自己的特质，所以在开新项目组的时候，第一时间考虑带上宋言知。

十一点了，一位模样温和的老师刚说完自己的见解，王教授点点头，另外一位老师接过话题又开始说自己的想法。

其他老师认真听着，唯独宋言知看了眼手机，表情微动。又过了五分钟，宋言知的眉头越发深沉，屋内的温度好像都因此降了几度。

王教授看了他好几眼，忍不住问道："宋言知，你怎么了？"

宋言知的性格他们都了解，可不像是容易分神的人。刘老师奇怪地问："对啊，是出什么事了，怎么看起来心不在焉的？"

　　如果没有什么事梗在心头，宋言知肯定不会这样。

　　宋言知没有解释，沉默着。

　　王教授看了宋言知一会儿，笑着说："是不是约了女朋友，到时间了？"

　　老师们大多和蔼亲切，对恋爱一事往往持尊重且鼓励的态度。他们同样也很好奇宋言知到底会和谁谈恋爱，怎么谈恋爱，毕竟这个学生的感情经历犹如白纸。

　　宋言知真的是在谈恋爱吗？

　　平时兢兢业业的老师们在八卦方面不比记者差，一双双眼睛炯炯有神、一动不动地看着宋言知，那视线好像都快团成蜘蛛网将宋言知包裹起来了。

　　宋言知平淡地看着众人，面不改色。

　　天气反复无常，春雷不过炸了几声，就看见雨丝飘落了下来，由小变大，不过一会儿就变成席卷全城的大雨。

　　超市今天大减价，有很多东西都在打折。温舒原本只是想买几样菜和料酒，结果看见那些大妈挤在水产品区，竟然鬼使神差地也跟了上去。

　　其实她不太能吃海鲜，容易过敏，然而她吃饭时注意过，宋言知喜欢吃海鲜，于是没多思考便毅然决然地加入争抢的人群中。

　　这一通争抢下来，着实不亚于打了一场艰难的仗。温舒推着满满当当的推车往结账的方向走去，结完账，她提着两大袋东西，就看见超市外那滂沱的大雨和不少被雨拦住的人。

　　还真是一刻懒都偷不得。

　　超市出口通向商场正中的地方有休息区，她提着东西坐了过去，准备等雨势小了再回去。

　　人来人往的，闲着无聊，她发了一条朋友圈——碰上下大雨，叹气。

　　配图是两袋食物。

　　没一会儿，朋友圈评论噌噌噌地上涨。

　　后来才加上微信的张纯评论：这是在哪儿？

　　赵竹青：你要做饭给谁吃？这是在哪个商场，我怎么看不出来？（有猫腻）

　　同学刘洋：哈哈哈，谁让你不带伞。

　　周君如：@刘洋，怪不得一直单身。

　　温舒刷着朋友圈，一边后悔刚才发照片发得太快，这下都不好和许轻晨她们解释了，一边又被她们给逗笑了。

　　雨势犹未停歇，然而已经十一点多了，再不回去就有些晚了。温舒想了想，准备走到商场门口叫车，然而商场门口距离马路还有一小段距离，到时候就要跑得快一些了。

　　她从二号门走出去，周围有几个小女生经过，其中一个穿着时尚的女生侧着头惊喜道："一号门的那个男人也太帅了吧，真是让人看得都不愿意走了，早知道我就去要个微信号。"

另外一个女生回答道："别想了，没看见那个帅哥生人勿近的模样，你就算是去了也是失望回来。再说了，像那样子的大帅哥肯定早就有女朋友了，哪里还轮得着你。"

女生想要辩解一下，想了会儿却又觉得没什么可以反驳的，并且心底还觉得同伴说得十分有道理。

温舒提着袋子，顿了顿，脑子里忽然生出了一个荒诞无稽的想法，那个人会不会是宋言知？可是这个时候宋言知应该在学校，再说了，他又怎么可能知道自己在这儿。

她自嘲地笑了笑。

她站在二号门的出口，春风带着雨露吹拂着她的发梢，雨帘层层，风雨将前方的景象加上了一层滤镜。

温舒拿出手机来准备叫车，然而在主页面的时候犹豫了一会儿，她把手指从约车软件上移开，点进了微信，又点进了置顶的那个聊天框。

她发了句语音。

——宋师兄，你现在在哪儿？

温舒没有注意到顶端的名字显示正在输入的状态，心想宋言知也许还在忙，所以没有时间回复自己。

——我在你面前。

清冽平淡的语气熟悉至极。她的眼睛陡然绽放光彩，抬起头，宋言知撑着伞，就站在她眼前，不过两三步远的地方。

目之所及，天地无音。

回到家中，温舒在浴室中看着镜子里半边头发沾着水珠、脸颊泛红的自己，她脸颊的红晕从见到宋言知开始就没有消退过。温舒深呼吸了几口气，过了一会儿，方才走出浴室。

宋言知已经在厨房忙活午饭了，温舒本想要帮忙，然而宋言知说不用，于是她只能坐在沙发上远远看着宋言知。

厨房传出了切菜声，温舒看着宋言知的背影，很高大，宽肩窄腰，手臂有力，如果不是知道宋言知很少去健身房，她都要怀疑宋言知是不是专门练过。

早起大扫除外加逛超市，没一会儿，温舒就沉沉地睡着了。

宋言知正在剔虾线，客厅安静无声，他看了眼，微愣，然后洗手，走到房间拿了一张毛毯轻轻地盖在了温舒身上。

准备离开时，耳边却传来一道无意识的梦呓。

"宋师兄。"

宋言知低头看向沙发上的温舒，静默了一会儿，他弯下腰，放大版的温舒出现在他眼前，眉毛细细的，鼻子小小的。

他其实并不在意女生的长相，不太清楚温舒的五官到底是好看还是不好看，可他知道看着这张脸很舒服。

温舒这一觉睡得舒服无比，醒来时见宋言知已经将碗筷摆好，顿时有些羞愧，立刻说："宋师兄，不好意思，我一点忙都帮不上，还睡到了现在。"

宋言知轻轻"嗯"了声，说："没事儿，先吃饭。"

一桌的美食让人忍不住食指大动，温舒夹了块牛肉，忽然想起了什么，问："宋师兄，你是怎么知道我在商场的？"

宋言知依旧是那样清淡的模样："看了朋友圈。"

饭后，宋言知便立刻回学校了。温舒看了眼时间，决定先回宿舍和她们商量一下晚上的庆祝活动。

成排的银杏树刚发芽，迎春花在花坛内鲜艳地开着，回到宿舍，许轻晨已经被支开了，现在正在图书馆和另一个同学一起复习。

宿舍内，周君如和赵竹青已经商量好了晚餐以及惊喜。见温舒回来，周君如挪动椅子，将门一关，冷笑了声，毫不客气地问："来得挺早，不过正好，说吧，这段时间到底背着我们做了多少坏事？"

温舒心想完了，连忙找赵竹青求助，然而赵大美人直接表示不参与战争，她只是个美丽的吃瓜路人。其实她也挺好奇的，最近温舒总是不在宿舍，而且发的朋友圈也奇奇怪怪的。

形势所迫，温舒只能老实交代，她酝酿了会儿，说："我其实最近都在宋师兄家。"

"你们同居了！"

两人惊讶无比，这段时间她们到底错过了多少的好戏。

周君如浑然没想到会得知这么劲爆的消息，声调都提高了几分："温同学，麻烦你现在立刻马上交代你这段时间到底背着我们做了多少事！"

温舒知道自己瞒不了太久，左不过早一天晚一天而已，她轻咳了声，道："就是个意外。之前不是有个人下单了爱心拥抱服务吗？那个人其实是宋言知的外甥。这次也是他创造机会，让我在宋师兄家里帮忙。"

"原来是这样，那……"周君如仔细地凝视着温舒，"轻晨不在，本来这个问题她肯定会问，只能我帮她问了，你们两个到底有没有在一起？"

温舒一脸无奈，却也认命地回答："我们现在就是普通朋友。"

赵竹青调侃："怎么，听你这意思好像还有点遗憾啊？"

周君如总觉得有几分古怪，是不是还有什么事情瞒着她们没说？

红时代是华师附近最大的一个美食广场，好吃的店很多，价格也便宜，一向是同学聚餐的不二选择。

晚上，温舒把招风寄放在隔壁宿舍，接着和许轻晨她们到了红时代，直奔三楼的印象小厨。她们大一入学第一次正式的聚餐就是在这儿，之后逢着什么重要的事也都会选择在这儿吃饭。

很巧的是，这家美食店的老板也是华师的，而且还和她们一个院系，毕业之后选择做自己喜欢的事。

印象小厨布置得很文艺，这个时间不算早，里边已经有许多人，老板娘叫阮思，见着温舒几人来了，笑着带她们到了里边的那个包间。

她们有意无意地让许轻晨走在最前面，推开门，许轻晨登时被包厢内的布置惊得移不开眼。

爱心气球飘在天花板上，墙上贴着生日快乐的气球，彩带和玩偶散落在包厢的桌子、盆栽以及地面上。

许轻晨双眼红红的，泪水都快掉下来了："不是说好一起吃顿饭就是了吗，怎么……怎么还弄这些花里胡哨的东西？"

这不是您老人家最喜欢花里胡哨的东西吗？其他三人不约而同地想。

她们四人感情很好，别的宿舍几年下来总会有那么几次吵架的时候，唯独她们宿舍好像从来都没有吵过架，甚至连红脸都没有，刚进学校就磨合得仿佛已经住在一起很久似的。

"这不是咱们宿舍今年第一个生日吗，总要隆重些，下次就是温舒生日了，看看到时候还能想出什么新花样来。"赵竹青轻声笑道。

许轻晨"哼"了一声，眼中全是欢喜。

没一会儿，菜都上来了，她们大多来自擅长吃辣的地方，这一桌子菜自然也是无辣不欢的类型，早先来自北方的周君如不能吃辣，一次次地突破自己后，现在可以面不改色地吃上几个小米辣还不用喝水。

她们难得没有点橙汁饮料，赵竹青大手一挥，点了一箱啤酒，顿时让许轻晨吓了一跳。

赵竹青道："喝酒更有气氛，而且一人也就几瓶，不至于醉。"

周君如面不改色，她自信道："我的酒量和我的智商一样好。"

温舒忍不住笑了，很快，宿舍四人的酒量第一次暴露了出来。

许轻晨脸颊通红，但神情还算清醒，赵竹青则是丝毫变化都没有，温舒有些醉了，脑袋微晕，心跳都快了几分。

而大言不惭酒量和智商一样好的周君如已经陷入迷蒙阶段，呆呆地静坐着，脸也不红，可任谁都看得出来她已经有些醉意了，她拢共才喝了两瓶酒。

"要不我们就回去吧，看她这样子也不能去未知了。"

一听见未知酒吧，周君如有了反应，眼镜不知道什么时候摘了下来，皱着眉说："我没喝醉，我从来都没觉得自己这么清醒过，为什么不去，说好了要去玩的。"

一向不爱说废话的人因为这两瓶酒变得絮絮叨叨，几人被折腾得不行，只得答应去。周君如这才笑了，和平时精明的样子截然不同，笑得憨憨的。

未知酒吧距离学校更近一些，开了快二十年了，也因此出了名，网上的华师攻略里都会推荐未知酒吧。

比起印象小厨，酒吧里的人就更多了，有游客，有华师的学生，也有很多下班过来放松的人。

她们四个人围坐在一起，坐下没一会儿，有人从旁边经过，同赵竹青打了个招呼，道："赵竹青，你也在啊？"

说话的那人个子很高，大约一米九，轮廓饱满，五官深刻，给人一种安全感。

赵竹青道："江云，好巧。"

江云瞥见许轻晨几人，问："她们是你朋友？"

赵竹青点头，答："室友生日，一起出来玩。"

江云了然，然后发出邀请："要不一起？都是我们系的人，现在在玩游戏。"

赵竹青原本想要拒绝，周君如却已经替她答应了，晕晕乎乎的学霸听见游戏就来劲。

江云微笑着说："你室友想去，不如就一起吧，我们都同班这么久了，好像也没说过几次话。"

他声音醇厚低沉，让人容易信服，连赵竹青自己都觉得好歹也是一个班的，自己过去忙于工作，很少参加同学聚会，好像是有些不妥，也只能答应了。

温舒看着老实淳厚的江云，以及无奈答应的赵竹青，忽然笑了笑，眼底像是有小星星一般闪亮。

江云原本那一桌有七个人，五男两女。见江云回来，黄霄笑他怎么去厕所这么久，是不是躲酒去了，说完才发现竟然还有几个女生跟着过来了，惊喜地问："老江，你这是去了哪儿了……咦，这不是我们神龙见首不见尾的系花吗？"

江云把桌子又挪了挪，从旁边移了凳子过来，原本的那几人都起身准备散开坐，赵竹青要照顾周君如，所以选了靠墙的位置。

赵竹青刚坐下，江云一边安排着位置，让温舒和许轻晨同他们系的两个女生坐得近些，一边自然地走到赵竹青身边坐下。

江云同她们解释："我们在摇色子，摇到了六点的就选择真心话或者大冒险。"

周围的其他人都在起哄，嘘声一片，小心思都写在了脸上。

赵竹青既然来了，自然不会再推托惹人不开心，游戏规则也简单，连许轻晨都很轻松地同意了。

现在一共有十二个人，六个男生六个女生，几轮下来，每个人都或多或少地转过六点，有几个问题或者大冒险实在太难，惩罚就改成了喝酒。

工商管理系的庄瑶瑶看了眼江云，说："这样也太轻松了，不如抽牌吧，抽到大王的可以命令抽到二和五的两个人做一件事。"

温舒玩这个一向运气不太好，刚才那一会儿就已经回答了几次问题，顺带喝了两杯酒，本就有些头晕的她更加晕晕乎乎。

周君如靠在赵竹青身上睡着了，大家各自从桌上选了一张牌，赵竹青和另外一名男生分别抽中了二和五。

江云将手上的纸牌摊开，大王。

黄霄嘿嘿笑了几声，用拳头捶了江云胳膊一下，意味深长地说："深藏不露啊。"

其他人不明所以，抽到五的男生大大咧咧地说："想让我做什么，直说吧。"

大家跟着起哄："抱黄霄做五个深蹲。"

"要不和系花来段老年迪斯科怎么样？"

决定权在江云手上，他几乎没太犹豫，真就让那男生抱着黄霄做了五个深蹲，至于赵竹青的惩罚……

温舒虽然有些头晕，却还记得帮忙，说："要不就让竹青喝三杯啤酒吧。"

赵竹青的酒量深不可测，没有什么惩罚会比喝酒更加简单。

"是啊，毕竟是系花，罚一杯啤酒算了。"有人帮腔。

黄霄眼睛一转，同江云笑着道："跳舞吧，给你个机会和系花跳舞，怎么样，是不是感动得快要哭了？"

庄瑶瑶当即反对："你以为谁都和你一样脸皮厚？"

江云任他们说，扭头同赵竹青道："回答我一个问题就行。"

周遭的声音大了些，赵竹青抬头，示意江云直接问。

众目睽睽之下，江云依旧是那副温和敦厚的模样。

温舒眯着眼，手机不知道什么时候打开了，她看着微信上的那个名字有些恍惚。

江云问："你现在单身吗？"

吃瓜群众统统倒吸了口气，旋即又不可置信地看着江云。

惊讶过后，一个个却又忍不住八卦起来。

赵竹青除了长得好看之外，还是系里公认的学霸，但她平时很少和班上的同学来往，神龙见首不见尾，神秘学霸的感情生活总是引人关注的。

赵竹青沉默了几秒，仿佛没听出来背后藏着的意思："嗯。"

温舒这下已经确定，江云分明就是赤裸裸地想要追求赵竹青，她清楚地看见，那个叫作庄瑶瑶的女生脸上闪过一丝不悦。

游戏继续，温舒的酒后反应也越来越人了，她瞧着自己手上那个红色的"二"有些上头。

这次抽到大王的是工商管理系的另一个男生，因为不熟，所以他提的要求也很简单，随机打一个电话对那个人说句话就好，不过要开免提键让大家都听见。

温舒问："什么话？"

男生忽然笑了笑："就说，喂，我是不是有东西落在你那儿了？"

这句话没什么特别的，温舒很爽快地答应了下来，她点开通讯录，拨通了宋言知的电话。

"喂。"

"是我，我就是刚想起来一件事。"

"什么事？"

一分钟之前，华师的科教楼内，十楼的大办公室坐着几个人，宋言知的手机铃声响起，落在安静的办公室里有些突兀。

杜老师轻咳了声："有事就接吧。"

宋言知等了几秒，见铃声没有停止下来的意思才接通，对面那人声音有些奇怪，带着点娇嗔，像是在撒娇。

他语气平静，反问："什么事？"

未知酒吧里，工商管理系的同学听不出来这声音也正常，可还清醒着的许轻晨第一时间听出来了，是宋言知！

"我是不是有东西忘在你那儿了？"温舒问。

"什么东西？"宋言知反问。

说到这儿，惩罚就算结束了，然而温舒此刻一颗心怦怦乱跳，也不知怎么的，头脑发热，答："我的心。"

宋言知怔了怔，丝毫没有想到对方会说出这样的话，听语气好像是喝醉了。

宋言知问："你在哪儿？"

温舒皱着眉说："未知。"

许轻晨在心里默默给温舒哀悼。

游戏继续，有人提议玩狼人杀，温舒晕乎乎的，只能退出游戏在一旁休息，她眯着眼，百无聊赖，浑身没劲。

其他人都在玩游戏的时候，温舒身旁突然来了个人。

压迫感从身后袭来，温舒仰起头，看见宋言知正俯视着她。宋言知的眼睛像是会发光一样，让人一眼看去，竟然忍不住心跳飞快。

"你喝酒了？"宋言知问。

"一点点儿。"温舒俏皮道，右手比了个手势，"你怎么来了？"

宋言知淡然地说："还东西。"

"哦。"还东西来的啊，温舒没想太多，随口应下。

唯有全程围观的许轻晨一颗心高高地挂着，温舒你知道你现在在和谁说话吗，你对面的男人是来还东西的啊！

第六章

丢了颗心

Xiangguo Ta
Huaili De Mao

坐在温舒身旁的女生见忽然来了一个大帅哥，双眼一亮，很识趣地往旁边挪了挪，给宋言知留出了一个位置。

随着江云的那句"天亮了，今晚是平安夜"，赵竹青等人睁开了眼，所有人都第一时间发现了出现在温舒身旁的宋言知。

有人认出了他，惊呼道："是宋言知！"

宋言知没有坐下，就站在温舒身旁。温舒皱着眉，突然伸手抓住宋言知的袖口，有些不悦道："你为什么不坐着？"

温舒噘嘴，又道："真不乖。"

宋言知在校园论坛以及女生圈子里可谓是不一般的存在，大家自然也知道他对谁都表现得很冷淡。

就在他们以为宋言知会离开或者表现得不开心时，宋言知却连袖子都没有扯动。

有宋言知在，大家都收敛了几分，连大声说话都不敢，在这样古怪的氛围之下，差不多十点就有人忍不住提议散场。

周君如被赵竹青推醒，酒意也消散了大半："怎么了，要走了吗？"

她还记得自己在未知酒吧，揉了揉眼，扫视了一圈，目光紧紧落

在宋言知身上："他什么时候来的？"

赵竹青指了指温舒，小声而认真地说："你觉得呢？"

周君如下意识地推了推鼻梁上的眼镜，然而什么都没有，她的眼镜已经被赵竹青收进了包里。周君如轻咳了声，心道：还说没有情况，这分明是已经进展到了不一般的地步！

出了酒吧，江云说："这么晚了，你们几个女孩子不安全，我送你们回去吧。"

周君如错过了关键环节有些不解，只当这人好心，随即回答："不用了，有人送我们回去。"

宋言知就站在一旁，距离他们两三步远，虽然好像孤立一方，但他的目光却一直落在温舒身上。

电话里迷糊的女声在耳边回响，从来都没有人对他说过，把心落在了他那儿。

庄瑶瑶脸上闪过一丝尴尬，故作轻松地说："江云，人家已经有护花使者了。我也是一个人回去，你怎么不送送我？"

江云喊住另外一个男生送庄瑶瑶回去，自己则光明正大地说："赵竹青，黄老师让我找你，有一些事。"

这借口实在冠冕堂皇，赵竹青神情浑然未变，只是随意而又自然地同江云对视了一眼。

平淡，简单，却又针锋相对，谁也不让谁。

两人同专业同班，成绩也同样优秀，然而这个对视让江云等了足足三年。

打破对峙的是宋言知清洌的声音："走吧。"

在庄瑶瑶略显不满的表情中，江云还是跟着宋言知以及温舒他们回了学校。

原本的站位有些尴尬，周君如酒已经醒了，机智地说："竹青，我来照顾温舒吧，你站后边休息会儿。"

还未待赵竹青同意，周君如已经站过去接替了她的位置，于是赵竹青一个人落在了后方。江云放慢步子，恰好与赵竹青并肩。

有了江云和宋言知的护送，她们很顺利地就回到了女生宿舍楼下。

温舒不知怎么的突然来了精神，挥了挥手，对着宋言知道："我上去咯，你不要太想我啦。"

周君如眼疾手快地捂住温舒的嘴巴，生怕她再说出什么瞎话来，然后三人一起将不愿上楼的温舒架了回去。

到了宿舍门口，隔壁同学听见声音将招风带了出来，小狗见到主人们高兴地"汪"了几声。

楼道里的宿管阿姨皱着眉，像个大喇叭一样吼："什么声音，哪个宿舍养狗了，快把狗交出来，学校规定宿舍禁止养宠物。"

几人对视了一眼，匆忙将宿舍门打开，进屋，将招风藏起来，动作流利顺畅一气呵成。等到宿管阿姨敲门进来的时候，只看见除了温舒之外的三个女生，正在灯下看书、写作业。阿姨有些惊讶，只能关门出去了。

温舒躺在床上，室友们艰难地给她换上睡衣，忙活了好一会儿。赵竹青给了周君如一个眼神，周君如了然，从柜子里端出了一个蛋糕。

蛋糕盒被拆开，里边的蛋糕不大，不过六寸。许轻晨眼睛中浮现出浓郁而幸福的笑意，周君如用打火机将中间那一根仙女棒点燃。

招风在箱子里躲了一会儿，听见生日歌忍不住探出头，赵竹青将它抱了出来，握着招风的爪子，难得可爱地对着许轻晨说："轻晨姐姐生日快乐，赶紧找到对象呀。"

"不是说了不用买蛋糕吗，你们也不爱吃。"许轻晨说，然而看神情可不像有丝毫责怪人的意思。

周君如瞥了她一眼："这是仪式感，别废话了，快许愿。"

因为温舒在睡觉，所以大家都默契地将声音放小了许多，周君如和赵竹青一起唱生日歌，招风全程也跟着"汪汪"地配奏。

许轻晨内心一片平静，她在心底偷偷许下了生日愿望，希望宿舍里每个温柔而善良的姑娘都可以拥有属于自己的，最浪漫、最漫长、最温柔的幸福。

前几日接到爷爷过世的消息而难过的心也渐渐地被填满，生活总要继续，更何况是和这么一群善良的姑娘呢。

梦里，温舒走在一条看不见尽头的洁白长道上。

绵延青山巍峨，她走啊走，走啊走，看见有人在等她，那人被云霞遮住了脸，背影挺拔如修竹，气质不俗。

没过一会儿，她坚定地发出一声喟叹。

是宋言知啊。

明媚的阳光照亮天际，晨间露水渐干，早有不少晨跑的人在操场数着节奏，开始崭新的一天。

阳光透过窗户洒进来，温舒昨夜睡得很好，难得起了个大早，洗漱之后，其他人也陆陆续续地起床了，招风呜咽了声，听声音有些可怜。

她抱了抱小狗，给它顺了顺毛，然后又找了个玩具逗它："小招风，怎么这么可怜呀，是不是饿了？"

然而面对往日喜欢吃的罐头和火腿肠，它都没有一丝的兴趣，只是可怜地将头垂下，趴着一动不动。

温舒慌了神："招风会不会是又生病了啊，怎么好像不开心？"

许轻晨打了个哈欠，过来看了一眼，猜测道："会不会是太久没出去散步了，这几天你们有带它出去玩吗？"

几人面面相觑，最近一周，她们都忙着其他事，没有空陪招风散步。好久没有被重视的招风适时地将耳朵垂了下来，更显凄凉。

赵竹青和周君如看不过去了，小招风可是她们宿舍的团宠，哪里忍心看招风这副模样。赵竹青说："今天正好都没课，天气也好，带招风去逛逛吧。"

听见主人们终于要带它去散步，小招风顿时活了起来，起身，围着温舒、赵竹青她们乱转，尾巴摇啊摇，高兴极了。

许轻晨早早下楼去门口探查宿管阿姨的动向，招风被装在箱子里，

顺利地被运送到了楼下。

藏在箱子里的招风兴奋地喘着气，然而没一会儿，它忽然微微抬头，在狭小黑暗的空间里张望着，有些茫然和无措，像是在说怎么会这么黑。

箱子一路颠簸，到了体育馆，温舒打开箱子，阳光斜斜地照了下来。小招风仰头，映入眼中的是突如其来的光亮，以及……温舒的笑脸。

温舒给它套好项圈和牵引绳，抱它出来，原以为它现在肯定激动得要跳起来，谁知道招风竟然表现得冷冷淡淡的。

周君如不解道："最近招风好像是有点奇怪，总是特别安静，喜欢自己躲起来。"

赵竹青凑了过来，捏了捏招风的脸，小招风想要反抗，又挣扎不过，只能任人宰割。赵竹青思量道："肯定是还没开始玩，过一会儿就好了。"

操场上人很多，还有打羽毛球和踢足球的同学，她们选了一片空地，招风就趴在她们几人中间。温舒身上背着个包，笑着说："招风，玩游戏了。"

她从包里拿出一个玩具球，球面上还有鲸鱼图案，她拿在手上晃悠了几圈，逗招风："看，你最喜欢的玩具。"

说完，她把球扔到了地上，喊道："招风，快，快捡回来。"

孤零零的天蓝色小球躺在塑胶跑道上，温舒又提醒了一遍，然而招风不为所动。

110

"连球都不玩了，肯定要去医院看一看，别是突然傻了。"周君如道。

招风听见周君如的声音，默默扭头看向她。有那么一瞬间，周君如觉得小招风像是被某个高冷师兄附体了，平日里觉得可爱的脸都好像变臭了一些。

小招风无奈，僵持了几秒，在大家的目光之中迈开小短腿，一步一步，甚是艰难地往球所在的位置移动。走到球边，犹豫了好一会儿，大概在想是咬还是用爪子拿。

"招风。"温舒期待地喊了声。

小招风愣了愣，忽然把球咬住，然后小跑到了温舒身前，接着将球吐了出来。温舒笑着挠了挠招风额头上的毛，小招风的不安转瞬即逝。

见招风恢复如常，其他三人也放心了。温舒将球扔给了赵竹青，赵竹青喊了招风一声，接着将球丢在了五六米远的一个地方，小狗紧赶慢赶地咬住球，然后在赵竹青期待的眼神中，将球放在了温舒脚边。

赵竹青一脸诧异，温舒摇摇头表示她也不知道怎么回事，然后将球传给了周君如，然而小招风还是坚定不移地把球放在了温舒脚边。

无论温舒是否移动，结果都是如此。

试了几轮之后，几人彻底死心了，怒视着温舒，口气一致地讨伐道："温舒同志，你现在真的是翅膀硬了，背着我们和宋师兄谈恋爱也就算了，竟然还暗中蛊惑小招风，不让它和我们亲近。"

温舒欲哭无泪，她哪里知道原因，而且她也没有和宋言知谈恋爱。

温舒辩解道："你们别瞎说，这里这么多人，万一蹦出一个宋师兄的粉丝，我肯定分分钟被挂上论坛，被扣上一个癞蛤蟆想吃天鹅肉的大帽子。"

赵竹青皱眉，反驳道："小舒，这我可就不同意了，你压根儿不需要有这种想法。感情一事没有绝对，兴许在你不知道的时候，你的宋师兄已经对你情根深种无法自拔了。"

周君如摇摇头，却不是反对，而是同意赵竹青说的话："虽然颜值上是欠缺了点，可温同学，你脸皮厚啊，你都敢到人家家里去，还会害怕被论坛上的人群嘲吗？"

招风难得地"汪"了声，像是在附和，又像是在反驳。

小招风不知道被灌了多少迷魂药，竟然只黏着温舒，忘了另外几个人。

周君如不甘心，漫不经心地提议给招风试衣服，那些粉色的小裙子可都还没有试完。小招风顿时僵了僵，更加小心翼翼地靠在温舒脚边。

温舒阻止不了室友，只能安抚招风，谁知道招风突然挣脱她的手掌跑开了，操场这个时候有许多人，招风不一会儿就没影了。

温舒急了，来不及深究个中缘由，四人收拾好东西匆匆追赶。出了操场有三条岔路，一条通往校门口，一条回宿舍，还有一条大道是连通教学楼的。

四个人分开寻找。

温舒独自顺着中间那条通向教学楼的道找招风，这条路两旁分别是一面小山和一个湖泊，翠湖里还看得见往年荷花枯萎留下来的枝干，显得有些凄清。

她急切地寻找着，这还是招风第一次跑开，万一被坏人抓走怎么办。她喊着招风的名字，神情焦急而忐忑，不少路过的同学频频注目，在好奇"招风"到底是何许存在。

手机滴滴乱响，温舒打开宿舍微信群，她们都没有看见招风。温舒心思一向绵软，对小动物更是如此，一想到可能存在的危险，她更是不知如何是好。

温舒越发慌张地找着，不知不觉走到了百步梯下。百步梯上是图书馆，再远一些就是设计系的教学楼，她停下来喘了几口气，思量着招风可能去哪儿。

百步梯上，宋言知抱着一只狗站在十几阶的位置。

温舒看到他们时松了口气，招风没事，不过宋言知为什么会抱着招风？

两人对视，脑海里各自浮现奇妙无端的感觉。

不知为何，温舒的心跳加快了许多，微风拂面，凉意袭来。

"你家的狗？"宋言知问。

温舒点点头，又说："不好意思，宋师兄，麻烦你了。"

宋言知走下来，沉默了几秒，语气半淡："没事，正巧路过，算不上麻烦。"

温舒抹了抹额头的虚汗，伸手想要接过招风，然而宋言知略快了半步，正好和温舒擦肩，没有让温舒将招风抱走。

百步梯上，有一个戴着深色眼镜的男生摁了摁拍摄键。

温舒将找到招风的消息发在了群里，赵竹青她们气势汹汹地赶往约定的奶茶店，进店时却彻底偃旗息鼓，宋言知也在啊！

温舒提前点好了奶茶，许轻晨战战兢兢地看着招风舒服地躺在宋言知的怀里，急忙道："小舒，你怎么让宋师兄抱着招风，多麻烦师兄。"

温舒答："招风好像挺喜欢宋师兄的，抱一会儿也不要紧，我总不会把招风忘了吧。"

宋言知眼底好似浮现一抹促狭的笑意，许轻晨脸色陡然一白，心道没人说你会忘了招风啊，为什么要提"忘"这个字，生怕宋言知不记得你昨晚说的话？

赵竹青昨夜全程清醒，了解许轻晨的反应为何而来，她手上的奶茶恰到好处地一偏，哗啦啦地倒在了周君如的裤子上。

周君如托着下巴，原本在看戏，当下震惊不已，用得着这么故意？

许轻晨顿时反应过来，忙不迭地转移话题："宋师兄，你应该有事要忙吧，我们带招风先回去好了，正好她要去换裤子。"

"那你们先回去吧，我在这儿等等好了。"温舒道。

宋言知看着温舒，嘴角略略上扬，这一幕落在许轻晨眼中不亚于恶魔的微笑，一向被吐槽过太单纯的许轻晨头一次发出感慨，还真是不怕对手太强大。

赵竹青起身，强行圆话道："宋师兄和小舒既然有话聊，还是不让招风打扰你们。"说完，她向着宋言知怀里的招风拍拍手，示意它快回来。

宋言知不置可否，将小狗放在地上让它跟赵竹青走，然而下一秒，小招风直接跳进了宋言知的怀里，发出可怜的呜咽声。

赵竹青默默瞪了眼招风，胳膊肘往外拐？

小招风不为所动，温舒心底生出奇怪的感觉，她怎么觉得宋言知好像知道招风不会跟赵竹青走一样，可他分明是第一次和招风见面啊。

她们离开之后，温舒便一本正经地同宋言知做测试题。

她今天起来时便同宋言知请了假，不打算去宋言知家，可没想到竟然会在学校里碰见他。

温舒想和宋言知多待一会儿，却又找不出其他借口，干脆拿出手机上自己制作的题库给宋言知看。既然确定了以宋言知为研究对象，那么偶尔的一套测试题也是无可避免的。

宋言知做题时，温舒伸手想要把招风抱过来，宋言知深深地看了她一眼。小招风却有些抗拒，温舒微怔，将小招风强行抱在怀里，以一个极为亲密的姿势。

小招风软绵绵的，挣扎无果之后只能认命，缩成一团，无奈地"汪"了一声。

温舒的目光不由自主地落在宋言知身上。指节分明且修长的双手、白皙的脖子、柔软而茂密的发梢、泛红的耳尖、有些不符合人设的小耳朵，她有些移不开眼……

"宋师兄，你耳朵怎么红了？"温舒有些奇怪。

宋言知微微坐直了身子，语气清冽却微微颤抖："空调温度太高。"

"哦。"温舒接受了这个解释，往旁边瞟了瞟。

宋言知终于做完了测试题，这次的题目不同以往，之前的两次测试，其中的每一道题他都很熟悉，入目的那一瞬间几乎就可以确定每一道题的类型和方向，不同的回答会指向怎么样的结果，他都了然于心。

温舒就像是拿着幼儿园的作业本，想要难倒讨人厌的高中生哥哥。

然而当他看到这一次测试的第一题时，便皱起了眉头。

——假设有一天温舒想要做饭，那么你会希望她做什么菜？

A、红烧排骨和油焖大虾

B、不让温舒做饭

C、什么都喜欢

宋言知第一次有些头疼，以至于十五道题竟然做了十几分钟。

温舒一直在偷看，一边看一边忍不住偷笑，温柔地揉着小招风的后脑勺和耳朵。

宋言知将手机放到两人中间，温舒回过神，"啊"了一声："填好了吗？"

她手指划过手机，略微浏览了一下，上滑的时候不小心将页面划回了桌面。

手机桌面是宋言知家的院子里，男人提着购物袋，目光温和而柔软的画面。这张照片是温舒好不容易鼓起勇气偷拍的，她偷偷设置成了桌面。

仿佛一瞬间将自己的秘密剖开，堂而皇之地让阳光照进，她一下子冒出了冷汗。

她极快地将手机拿起来，放到桌下，闪着光的屏幕正好对着招风大大的眼睛。宋言知有些奇怪地问："你怎么了？"

"没……没事。"温舒答，过了几秒还是忍不住紧张地问，"宋师兄，你看见什么东西了吗？"

"没有。"宋言知很笃定。

夜晚，乌云遮蔽着月光。山林寂静，只剩下点点风声和小动物踩碎枯枝的细碎声音。

换场地的时候，魏子从因为不小心踏空楼梯崴了右脚，录制暂停，工作人员扶着他到一旁休息，等候医生到来。

录制场地不在市区，而是在山间的一栋别墅里，位置有些偏僻，好在山脚下有一家诊所。

宁世尘陪着魏子从聊了会儿天，略略宽慰了几句，他们正在录真人悬疑推理秀的第三期，而这档综艺的第一期也已经进入了后期的剪辑阶段。

裴瑾念穿着暗色系的裙子，在这一期中，她扮演的是一个从小阴郁的姑娘，因为父亲的忽视以及母亲的偏心，让她在这个家中变得越发冷酷。

二熊是裴瑾念的妹妹，魏子从是裴瑾念的男友，纪一风则是二熊的同学，至于宁世尘，是突然找上门的竹马。

这一期的故事背景是裴瑾念的父亲和母亲出差，二熊带了同学回家玩。与此同时，纪一风忽然察觉到别墅的顶楼上似乎有人，因而和二熊一起寻找背后的真相，然后陷入了另外一重迷雾之中。

每个人都有自己的目的和故事线，互相也都不知道对方的真实目的，整体来看是一个有些普通但又温馨、有趣的故事。

而这一期的综艺有点不一样的是，选择了类似互动剧的形式，线上线下联动，节目按照常规的悬疑推理综艺线走，然后杨三和骆怀希在微博以及视频平台和观众进行互动。

将整个故事线放大，观众可以选择不同的剧情，到最后，根据走向一共会有六种不同的结局，其中有两个假结局、两个坏结局、两个好结局。

这个时候，宁世尘的重要性就凸显出来了，在心理学界名声响亮的他，会对不同的选择进行分析，既是噱头，也是创新处。

医生检查完魏子从的伤势，诊断出是扭伤，虽然不是什么重伤，但用了药之后最好休息一天。

骆怀希通知大家休息一天，第二天再继续录。晚上的闲暇时光多了起来，纪一风提议吃火锅，于是大家伙儿翻出了烤架和锅，又派了人去超市采买，凑了个简陋的火锅局。

水汽蒸腾，大家围在烤架边，争相抢夺着锅里翻腾的肉片，像是恶狼捕食，完全没有镜头里矜持的模样。

嬉笑声盖过红汤翻滚的"咕噜咕噜"声，大家久违地放松下来。

裴瑾念向来不喜欢这样的热闹场面，和大家喝了杯饮料便独自去天台，想要静一会儿。

天台很宽阔，休息区有躺椅、遮阳篷，还摆着天文望远镜。

她吹着风，披着一件长款外套，一时无聊，走到天文望远镜前。

今夜月光暗淡，也因此，星河点点，更为璀璨。

裴瑾念看向望远镜的框内，寻找了一会儿。她对天文学并不了解，隐约记得天空中最亮的那颗星是金星，以及那血红色的火星，仔细看，还能看见火星两极的白色极冠。

宇宙浩渺，是否在光年外，也有一个生命，同样在看着她呢？

这般想着，她心潮澎湃，随即又觉得自己想象力太丰富了。

"好看吗？"宁世尘负手轻声说道。

裴瑾念扭头，问："你怎么来了？"

宁世尘奇怪道："裴老师，大路朝天，难道你还管我该走哪边？"

裴瑾念懒得和他纠缠，宁世尘见她不说话，又道："好歹也是青梅竹马，你怎么总是这么冷漠？"

"青梅竹马"这四个字让裴瑾念莫名有些不高兴，眉眼耷了下来，看得出来不悦。宁世尘微怔，不知怎么又惹到她了。

他转移话题："裴老师，结盟吗？"

节目中也有胜负输赢，上一次，宁世尘在关键时刻用一通迷惑人的推测，让那些人将目标放在了另外一人身上，忽悠的能力确实不错。这样看来，他的确是一个不错的结盟对象。

"没兴趣。"裴瑾念走到了躺椅那儿，随意地靠在上边，闭着眼。宁世尘见惯了浑身长刺的裴瑾念，还是第一次看见如此无害的她。

他见过很多人，可唯独裴瑾念给他的感觉总有一丝丝的熟悉，就像是很多年前曾经见过一样。

宁世尘走上前几步，映着星光，看见她白皙的脸颊、修长的睫毛、好看的鼻子，以及小巧的嘴巴。

大概学霸都面临着一个共同的问题，他虽然看起来履历优秀，相貌也俊秀阳光，但因为专心学术，感情经历相当惨淡，大多止步于萌芽状态。

他看着裴瑾念，眼神有过一丝恍惚，莫名生出些奇怪的情绪。如同一缕不可言说的风，轻轻落在林间，无声无息，却在不经意间，让一片树叶同它共舞。

"再靠近一点我就戳瞎了你。"裴瑾念冷冰冰地道。

宁世尘一僵，裴瑾念不知道什么时候睁开了眼，直勾勾地看着他。

他有些不自然地咳了咳："有蚊子，我帮你赶蚊子。"

裴瑾念似笑非笑地看着宁世尘，嗤笑了声，没有揭破这个毫无可信度的借口。

宁世尘尴尬地坐在旁边的躺椅上，将注意力转向夜空。

满天星光洒落，洁白无垠，楼下喧嚣热闹一片，动静相宜，莫名和谐。

第七章

奇怪的他

华师校园论坛平时每日活跃数过千，学校内的一点风吹草动瞬间就会进入同学们的眼中，有个帖子不一会儿就被顶到了最前面。

——揭秘，竟然是她！

这个帖子的回复数已经有三百了，并且还在持续上涨，帖子里配了一张学校图书馆百步梯的照片。因为距离不算近，所以有些模糊，但如果是熟悉的人还是可以通过照片认出是谁。

温柔一刀关小东：这不是我们系大三的师妹吗？竟然是这位师妹降服了宋师兄，师妹威武，师妹漂亮！

哈密瓜：苍天啊！大地！终于有人收走宋言知了，这下子师妹师姐们的目光终于会放在我身上了。

川宝无敌小可爱：楼上做梦？不过宋师兄为什么不喜欢我，哼！

但是除了看好戏的同学，还有一些对此表示不满的人。

游小苑：都是假的，宋言知喜欢的是我才对！

清清：这个女生的眉毛画得不好，凭什么可以抢走我的宋师兄。

很多女生不服气，认为是楼主自己的猜测，又或者照片上的根本不是宋言知，只是身影很像的人。

很快，又有强大的分析员将这张图里里外外都分析了一遍。

譬如图中的男人穿的衣服宋言知曾经穿过，裤子宋言知也有同款，身高一样，发型也差不多，唯独他怀中那个毛茸茸的宠物狗是第一次见。

综上所述，不管她们多难过，那就是宋言知。

宋言知有了归宿，实在是难得的曝点，论坛的在线人数还在不停增长，大有突破历史记录的势头，那些粉丝们又纷纷挑剔起了温舒，更有甚者直接将温舒平时的照片还有哪个专业哪个班级都给曝了出来。

论坛上刮起一阵找碴儿风，并且以此佐证两人不是情侣关系，传说中的宋言知怎么可能会喜欢这样的女生。

楼主不服气，又将一张奶茶店内两人的亲密照片发了出来。

论坛几乎快要瘫痪了！

女生宿舍，门"嘭嘭"被敲响，隔壁宿舍的女生穿着睡衣拿着手机匆匆忙忙跑了过来，见只有许轻晨在，慌张地问："小舒呢，其他人呢？"

许轻晨摘下耳机，奇怪地问："月月，出什么事了？"

月月把手机递过去让她看，许轻晨快速浏览了一遍，脸色变了变，她道了声谢，赶忙打电话给温舒，可铃声响了好一会儿迟迟没有接通。

她心中焦急，在宿舍群里发了论坛截图过去。

周君如：小舒哪里不好看！

赵竹青：温舒知道这事了吗？

123

论坛上热闹无比，三人赶忙讨论着怎么办，澄清还是顺其自然，但无论怎么样，这件事都已经对温舒造成了影响。可现在这个紧要关头，她们竟然联系不上当事人！

不语身体不舒服，一早上都有气无力地叫唤着，而且还拉肚子。宋言知早上有事要出门，只能让温舒带着不语去医院，她出门太急，连手机都忘了带。

她还不知道现在有很多人正关注着她。

不语可怜兮兮地叫唤着，温舒揉了揉它的肚子，安慰道："乖，很快就好了，怎么好好的就身体不舒服，是不是最近吃错了什么东西？"

另一边，市内的云丰广告公司。

赵竹青急得舌头都快起泡了，流言蜚语最是伤人，远比身体上的伤还要严重。那些人也太过分了，哪怕是她都看不下去了。

她打开论坛帮温舒反驳，然而眨眼就淹没在了众多评论之间，没有掀起任何水花。

手机振动，有个陌生来电。

赵竹青接了电话，是江云打来的。

从那天分别之后，这还是两人第一次有联系，江云声音依旧，说："我看到了论坛上的帖子，所以找朋友要了你的号码，过来问问你。"

"问我什么？"赵竹青答。

"我参加过全国大学生计算机大赛，"江云的声音有些不平静，"得了金奖。"

"然后呢？"

"我可以帮你黑掉论坛。"

江云诚恳无比，说出的话却惊世骇俗。

赵竹青有些不好意思，两人并不算熟，可人家主动帮忙，她自然是感激的，毕竟这压根儿就不关他的事。

不过，想到缘由，赵竹青挑眉，隔着手机问："你也喜欢温舒？那别想了，小舒和宋师兄不可能分手的。"

江云只觉得有一块山大的石头压在身上，他沉默了几秒，开始反思自己是不是表现得不够明显，才让对方有这样的误会。

江云认真且直白地说："那不重要，我喜欢的是你。"

赵竹青一怔。

她心跳莫名快了几拍。

这一出风波不会这么快就停的。

宋言知一上午都在学校，盯着电脑太久，以至于他眼睛有些酸疼，准备出去走走，放松一下。

他从自习室出来，迎面撞见同级的另一个班的女同学。她见着宋言知，语气轻快，笑道："宋言知，原来你早就有女朋友了啊，那还一直瞒着，早说也不至于耽误这么多人。"

宋言知抬眸看了眼女生，那个女同学叹着气离开，大有多年青春浪费的感觉。

　　过了一会儿，又碰见另外的同学，调侃他："学霸也会秀恩爱啊！"

　　"你女朋友还挺好看的。"

　　也就一会儿的工夫，宋言知遇见的所有人都在调侃他、打量他，一直在说他女朋友的事。宋言知一头雾水，不知道他们在说什么，好在他心理承受能力不错，愣是什么表情变化都没有。

　　图书馆三楼的楼梯口，许轻晨和周君如正四处寻找。

　　许轻晨问："宋师兄真的在这儿？"

　　周君如几乎拍着胸脯保证："我认识的师姐的男朋友的好朋友的发小和宋师兄关系不错，他说的，应该没错。"

　　然而，她也有些心虚，担心宋言知不在图书馆。

　　此时此刻，宋言知坐在公共休息区的长椅上，看见了两个刚分开的熟悉的身影，是温舒的室友。

　　这两人看起来像是在找人，他凝视了几秒，想到了刚才那些人口中莫名其妙的"女朋友"，起身，朝着她们俩走了过去。

　　许轻晨刚从自习一室出来，突然，一个高大的身影挡住了前路。

　　宋言知的声音带着问询，非常好听："你是在找我？"

　　许轻晨吓了一跳，微微往后退了半步。周君如见着这一幕，赶忙说："宋师兄，你女人……不是不是，说错了，是温舒和你在论坛上被曝出来了。"

　　百步梯的那张照片并不算亲密，可奶茶店里，一人抱着萌宠盯着另外一人在手机上做题的样子就显得很亲密了。

　　许轻晨打开论坛，将手机递给宋言知。

宋言知黝黑的眼眸中满是深思，他翻阅的速度很快，不一会儿就翻到了最下面。

原来如此。

许轻晨语气焦急："宋师兄，现在小舒的各种信息都在论坛上被曝了出来，而且……"

她没有说完，宋言知答："我知道了。"

温舒带着不语看完了病，原本想打个电话告诉一下宋言知，却发现自己没带手机。

今天是阴天，雾蒙蒙的，世界都仿佛被一层薄纱笼罩着。

回去的路上，温舒经过了她和宋言知曾经一起去过的玲珑宠物医院。她停了下来，站在医院门口，医院已经关了门，门上贴着告示，停业休整一个月。

她抱着不语，不语发出浅浅的几声猫叫，对这儿显然还有记忆。

不语不知道看见了什么，突然从她怀里跳了下去。温舒惊了惊，喊了一声，顺着它跑的方向，看见了一只纯灰色的英短。

她追了过去，不语跟在英短身旁，一直发出猫叫，想要英短注意到它似的，还用自己胖乎乎的身体蹭了蹭对方。

英短的主人是个好看的姑娘，温舒有些无奈，道了声歉，好在姑娘脾气不错，见不语可爱也没有责怪它的意思。

温舒艰难地将不语带走，思维莫名发散，她还是第一次看见不语这么不淡定的样子，猛地想到了它的主人宋言知。

宋言知有喜欢的人吗？会这样黏糊糊地在对象面前示好吗？

如果有，对方又会是什么样子的人呢？

带着这种念头，温舒一路笑着回到了宋言知家，她拿着钥匙打开门，不语还有些委屈，好像在生温舒的气，"喵呜"一声跳下来，回到自己的老位置上，沉默地趴着。

温舒没感受到不语的惆怅，她拿起落在桌上的手机，一连串的消息蹦出来。她有些奇怪，立刻点开查看。

阴云重重，大概是要下雨了，宋言知寻了个安静的位置，在图书馆靠边的楼梯处坐下，从这儿可以看见旁边的林子，凉风吹来，心中平静不少。

宋言知很少关注学术以外的事，也没有注册论坛号，他点开论坛，研究了一会儿论坛上的新人指南，注册了一个账号，账号名就叫"宋言知"。

宋言知：为什么宋言知不会喜欢温舒？

很快，有吃瓜群众发现这个帖子里多了一个蹭热度的人，那个人竟然厚颜无耻地把自己的名字改成了宋言知，可宋言知出了名的不爱交际，在校多年，从来没有注册过论坛账号，更何况是发表这样子的回复。

木子狸刹那已芳华：别打着别人的名号招摇撞骗，宋师兄的名字是你可以这样子用的吗？脸皮比城墙还要厚！

箱子要暴富：万一是真的呢？你们别说得太绝对了。

大荒邪魅一笑：这个账号的 IP 地址好像有些眼熟。

见他们都不相信，宋言知旋即在自己的个人微博以及微信等不同的社交账号上，将论坛号的主页截图发了上去。

——是本人。

所有人看着这条没头没尾的动态。

湘湘：惊天大爆炸！这个……这个人是真的宋言知！

圆珠笔：我阵亡了！

姜可乐：你们记不记得，他之前的回复是"为什么宋言知不会喜欢温舒"！这岂不是在公开表白！

一时间，所有人都知道了从不玩论坛的宋言知竟然注册了账号，而且还正面回应了帖子中的问题。

女生宿舍里，许轻晨仰天长叹了几声，和周君如对视了几眼，感慨道："我们还是太年轻了！"

她为自己的杞人忧天而感到懊悔。

在她脚边玩球的招风也颇为赞同地"汪汪"了几声。

周君如放下手机，慢悠悠地说："那些人啊，真没眼力见儿。"

谈恋爱是化学反应，而不是简单的加减法，不是条件相当并且合适就可以，而是需要触及心底最深处的那一点心悦。

周君如嘴角不自觉地上扬，露出自信而得意的微笑。

宋言知的回应很简单，帖子里的评论风向也有了很明显的变化。

他没再管论坛里的帖子，心里突然有些焦急，温舒现在怎么样了？

论坛上的那些话实在有失偏颇，对一个女生伤害很大，也许这个时候，温舒躲在哪个地方伤心难过。

　　毕竟不是所有人都可以无视生活带来的伤害，真正做到金刚不坏、圆滑淡然。

　　他发了条信息给温舒，等了一会儿却没有收到回复，他心情略沉重。

　　这么伤心吗？

　　春华街刮起一阵风，宋言知带着一个草莓蛋糕回家，打开门，温舒在厨房切菜。

　　他换好鞋，轻声说："温舒。"

　　温舒听到声音，从厨房走出来。她穿着围裙，低着头，一边走一边用手背擦着眼角。宋言知见她这副模样，不免有些心疼，她偷偷哭鼻子了吗？

　　他沉默了几秒，道："温舒，你很优秀。"

　　温舒抬头，诧异地看着宋言知，她眼角通红，还有一点点泪光在闪烁，我见犹怜。

　　果然，不论是谁看到那样的言论都会很难过。

　　他不由自主地朝前迈了一步，在温舒无比惊讶的时候，给了温舒一个拥抱。

　　独来独往不喜交际的宋言知，第一次自然而主动地想要给予一个人温暖。

　　温舒有些蒙，宋言知竟然主动抱她了！

　　她犹犹豫豫的，不知道该不该伸手回抱住宋言知，浑身从僵直到微软，手都有些僵硬了。

就在她鼓起勇气的时候，宋言知已经退后了，她顿时有些后悔，自己这胆子未免也太小了，这么好的机会竟然被自己浪费掉了。

但转念一想，这应该也算是完成了一个拥抱。

温舒觉得宋言知是不是误会了什么，问："宋师兄，你是不是弄错了？"

宋言知只当温舒不愿意暴露自己的委屈和不安，因而又安慰道："我看到了论坛上的帖子，希望你不要放在心上，也不要难过。"

温舒有些不解："我没有难过，也没有把那个放在心上。"

宋言知仍旧不相信，眼角的泪痕可还在呢，如果不是受到委屈，怎么会一个人偷偷在这儿哭。

见宋言知的目光落在她脸上，温舒恍然，一本正经道："你不会是以为我刚才哭了吧，我只是看洋葱放了两天，再不吃浪费了，所以就……"

只是切洋葱而已！

宋言知愣了愣，身体僵硬，刚才那些安慰的话和动作在这一刻成为压在他肩膀上的稻草。

"那你继续切，我去书房。"宋言知闷声道。

他将手中的草莓蛋糕塞到温舒手上，快步走到书房，然后将门关上。

宋言知坐在椅子上，心跳莫名快了几分。

太尴尬了！他的脸颊一阵阵地发烫，眸子黝黑寂静，他伸手拿起桌上的陶瓷娃娃，盯着它看了好一会儿，神情才逐渐恢复了平静。

只剩下仍旧泛红的耳尖，显露出他刚才到底有多不平静。

做好饭，温舒敲了敲书房的门，等了一会儿，宋言知走出书房，他一言不发，坐到餐桌前，桌上那碟明晃晃的洋葱炒肉实在晃眼。

温舒一脸期待："宋师兄，你快试试。"

她最近精研厨艺，还特地学了几样拿手好菜，水煮肉片、红烧狮子头，还有清蒸鲈鱼……

宋言知拿起筷子，尝了一口肉片，入口嫩滑，足见是下了死功夫的。

"很好吃。"宋言知答。

温舒眉眼弯弯，十分开心，气氛似乎都好了一些。

过了一会儿，温舒思量着放下筷子，打量了宋言知几眼，说："宋师兄，谢谢你。我其实很开心，而且我知道那是她们嫉妒我，嫉妒我可以和宋师兄站得这么近，毕竟可不是谁都能够和我一样运气这么好。"

她从未想过，自己有一天会和宋言知在论坛上因为恋情而联系在一起，所以从头到尾，她真的没有任何的不高兴。她反倒觉得幸运，在那之前，她接到了李九歌的委托，还有机会和宋言知一同去景德镇参加聚会，还和不语发生了奇妙的联系，获得了近距离和宋言知接触的机会。

无论哪一个，在这之前，她想都不敢想。

能够和崇拜了好久的偶像在同一屋檐下洗菜做饭，人生奇妙如此，让人捉摸不透。

温舒话中的豁达和自信不似作假，宋言知擅长洞察人的心理，他看得出来，温舒没有说谎，安心之余又有些欣赏她。

"那就好。"宋言知话音之间，竟带着一丝不易察觉的自豪。

她是真的很优秀啊！

论坛的事因为宋言知的回复而逐渐平息，毕竟连当事人都觉得没什么问题，她们在那儿瞎操心实在是越俎代庖。但不少人开始关注起了温舒，班上也有同学逢着宋言知代课就打趣温舒。

温舒的脸皮这段时间练得奇厚无比，早就已经无所畏惧了，甚至还可以一脸淡定地说是因为自己太好看所以吸引了宋言知。

虽然嘴上这样打趣，但她心里知道，宋言知不过是帮忙而已，他的做法倒也符合他的性格，两人实际上并没有在一起。

下了课，温舒在楼下等宋言知，她的情感课题现在就差分析这一个步骤了，有这么一个大神在旁边，她自然不能放过。两人约好一起去图书馆，也可以查一些资料。

许轻晨和周君如挥挥手，兴奋地调侃道："温舒，我们先回去了，今天还要带招风散步，你加油约会呀！"

温舒大大方方地应了下来，等了一会儿，宋言知仍旧没有下来，她发信息也没有回，于是她上楼去找宋言知。

温舒坐上电梯，到了四楼，然而宋言知不在，问了人才知道宋言知刚才已经离开了。

可是他走了为什么不和她说呢，温舒跑到最近的一个空教室，从窗口探出头，竟然看见宋言知已经在楼下了，步履飞快。

是出了什么急事吗？

温舒想了想，跑下楼，顺着宋言知离开的方向跟了过去。

街上，人来人往，宋言知就在人群中，温舒拎着包，踮起脚遥遥看了眼然后小跑了起来，然而因为人太多，阻碍着视线，等到她追上的时候，宋言知已经到了挺远的地方。

她喘着气，喊了声"宋师兄"。

宋言知停了下来，温舒走上前去，还没看见宋言知的正面，身体被人蓦地一撞，手上的包被人用力一拽，她不由自主地往旁边倾了倾，帆布包被抢了。

"我的包！"

她想都没想就迈着步子追了过去，包里的钱什么的倒是不要紧，可那里面还有这次课题收集的一些资料以及笔记。

"别跑，把包还我！"

温舒体育课成绩一般，那人仗着腿长明摆着欺负人，她呼吸急促，已经快要跑不动了。就在这时，宋言知擦肩而过追了上去，一路跟着那个风衣男。

日光眩着视线，温舒扶着大腿，喘着粗气，跟到了僻静的巷子里。前方交叉口处，风衣男挣扎着想要起来，宋言知直接将他扑倒在地，将温舒的包抢了过来。

温舒问："宋师兄，你没事吧？"

听见呼喊，宋言知站了起来，提着包，一脸迷茫。

突然，他朝着温舒扑了过来。半条巷子，距离不长，宋言知在温舒诧异着不知该怎么办的时候，同她抱在了一起。

在抱住的一瞬间，宋言知忽然倒了下来。

温舒吓了一跳，不会是被那个小毛贼给打伤了吧。她扶好宋言知，心急如焚，紧张道："宋师兄，宋师兄，你没事吧？"

没有得到回应，温舒准备打电话喊救护车，可在这时，宋言知松开她，脸上恢复了从前的淡然神情。

宋言知握住温舒准备打电话的手，说："我没事。"

温舒仍旧不敢相信，以为宋言知是在逞强，关切地询问着。

宋言知脸上闪过一丝尴尬，然后淡定地解释，自己只是跑太快没缓过来。

温舒半信半疑，想到宋言知是因为帮她追贼才这样，又有些愧疚。

宋言知静了几秒，选择忽略这个话题："既然都出来了，那就一起去吃饭吧。"

温舒无奈地点点头。

银杏道上，许轻晨同样累得快要喘不过气来，招风刚才突然跑了起来，挣脱了她手中的牵引绳，她焦急地追上去，奈何跟不上招风的速度，没一会儿就跟丢了。

许轻晨急得满头大汗，就在她准备在宿舍群里通报这个噩耗时，招风竟然自己跑了回来。

许轻晨没好气地训斥："你小子干吗去了？怎么最近越来越野了，看上哪只小母狗了跑这么快？"

招风："汪！汪！"

《全民侦探》第一期在四月七号播出。

杨三虽然年轻，可人脉不弱，前期营销做得很成功，不少喜欢悬疑推理类综艺的观众都开始关注节目，开播当天，更是有许多艺人转发官博发的宣传博帮忙造势。

晚上十点，宁世尘拿着平板坐在沙发上，节目一更新，他就跟着观众一起看了一遍。一期《全民侦探》总共也就两个小时，不长。可有些东西在录制时看不出来，观看节目时反倒觉得清晰无比。

生活中的裴瑾念与屏幕上的裴瑾念有些不同，屏幕上，裴瑾念身上仿佛笼罩着一层说不出的光，连眼睛都变得无比明亮，就像是夜空中最亮的那一颗星。

弹幕中有很多人都在感叹裴瑾念的盛世美颜，纷纷感慨老天爷赏饭吃，这颜值简直无懈可击。

导演组希望做出互动的效果，所以安排参与录制的所有人在微博上发出了自己作为角色时所经历的选择，让观众更能够理解他们在录制节目时，并不仅仅是依靠剧本，而是有着自己的解读。

宁世尘作为心理学界的新星，除了发了自己对人物的解读，还发了自己整理的一份关于其他人的"评测"分析。这也是节目的一个噱头，高智商人才和真人秀节目相结合，以此吸引其他人的粉丝前来互动。

十二点，节目正好放完，宁世尘眨了眨眼，刷起了微博。

他微博粉丝不少，但还是比明星艺人的粉丝数少一些。可节目播出后没一会儿，他手机都快爆炸了。

转发评论以及点赞几乎每一秒都在上涨，热度最高的是他做的一个"评测"，网友们都是在夸赞这个太准了，竟然将自家偶像一些细节上的东西都说得头头是道。

微博上的几个热搜位都被《全民侦探》给霸占了，在实时热度中，有一个词条在不断上升。

——"裴瑾念宁世尘相爱相杀"。

这一词条顺利被顶上了热搜第六位，甚至压倒了两条节目组预先准备的热搜词，而这一词条下，最火的是一位叫"一生爱念念"的博主的剪辑视频。

短片中，裴瑾念和宁世尘眼神的交织以及前后的反差都成为粉丝们津津乐道的地方。网友们发现，宁世尘好像总是故意给裴瑾念放水，奇怪的是，裴瑾念几乎都在处处针对他。

不过，一些人觉得宁世尘别有用心，明显是想要蹭热度。不少人对宁世尘表现出强烈的不满。

杨三在节目组的群里一连发了三排叹号，然而没人理会，他"嘿"了声，发了个红包，瞬间把人都炸了出来。

杨三同学：喊你们的时候不出现，一发红包就出现，也太势利了吧！

纪一风：杨哥，一块钱的红包您都好意思发出来，还发了十份！

您作为大制片的气魄都去哪儿了？

骆怀希：真有脸，啧，说吧，有什么事。

二熊不能熬夜：我掐指一算，应该是和裴姐姐与宁老师的热搜有关吧！

"宁世尘"领取了你的红包。

杨三同学：说曹操曹操到，宁老师还没睡啊？没睡的话交代一下那个视频到底是怎么一回事啊，我认真看了一些视频，确定一定以及肯定，绝对有问题！

群里热闹无比，下边出现了一连串的"+1"。

宁世尘一时哑口无言，只好主动交代自己放水的事实。

微信群里嘘声一片，集体嘲讽宁世尘，讽刺他被爱情冲昏了头，竟然做出这种事来。

魏子从：难怪我们队莫名其妙一路输。好的，已经看穿你的真面目了！

魏子从哀号着，宁世尘摸了摸鼻子，看着手机上的消息，却没回复。

他又等了一会儿，想要等的人却还是没有出现。

宁世尘打开裴瑾念的聊天框，手指在屏幕上快速滑动，他纠结着要不要给对方发消息，输入了一连串内容后，又觉得这个时间点打扰对方实在是不合适，太唐突了。

宁世尘删掉输入框里的内容，犹豫着正要退出时，手机上方提示有新的消息。

他再次点进微信群。

【裴瑾念】领取了红包。

宁世尘看着突然冒出来的一行红色小字，没再犹豫，拨了电话过去。

铃声响了一会儿，对方才接通，裴瑾念有些不耐烦："有事？"

听见熟悉的声音，宁世尘不自觉地笑了笑，他说："就是看见你没睡，所以问候一声。"

大半夜打电话，这算哪门子的问候，裴瑾念开着免提，手上速度飞快。今天白天临时被经纪人带去参加一个酒会，昨天答应读者的加更都没有时间完成。

她一边打字，一边回："你不在这个时候烦我就是最大的问候了。"

键盘声传入到宁世尘的耳中，他沉吟了声："裴老师现在在做什么？"

一句话让她的思路突然中断，裴瑾念看了眼文档字数，看来万字加更是无望了，她索性把已经写好的内容先发到了文学网站上。

合上电脑，裴瑾念才想起电话那端的宁世尘，她有些暴躁地答："想打人。"

宁世尘一愣，随即又笑了笑，时间已经不早了，他关切地说："节目今天播出的效果不错，裴老师功不可没。很晚了，裴老师早点睡吧，睡前可以看一看热搜，可能会有惊吓！"

说完，他挂了电话。

裴瑾念刚才在赶稿子，所以领了杨三的红包之后就退出了微信，只依稀看见了几条信息，而宁世尘说的微博上有惊吓，倒是猛地让她有些好奇了起来。

还能有什么东西可以吓得了她？

她打开微博逛了逛，一时有些头疼，这些人分明就是在胡说！

还有人在她的微博下评论，振振有词地说宁世尘和她郎才女貌，看来过不了多久就会有好消息传来了。

当然，这位"没眼力见"的网友已经被粉丝们狠狠骂了一通，可裴瑾念一时手滑，不小心给这条评论点了个赞。

微博，炸了！

第八章

悠悠我心

Xiangguo Ta
Huaili De Mao

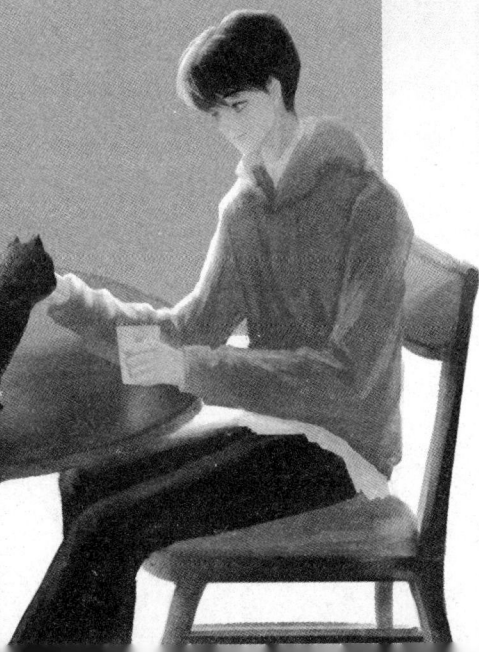

想做
他怀里的猫

云层渐散，霞光绚丽，整座城都笼罩在一片金光之中。

南大举办的学术研讨会已经结束，宁世尘得赶早上的飞机回去，他起了个大早，值机的时候还有几人在暗戳戳地偷看他，窃窃私语。宁世尘听了一嘴，似乎在说真人比节目上好像更帅，没想到裴瑾念喜欢这一款。

喜欢这一款？

宁世尘忽地看过去，那两个女生猛地被这样看，脸顿时白了白，扭头装作什么也不知道。

过了安检之后，宁世尘坐在休息区，才拿出手机。

屏幕上一堆微博的评论与推送，他起床时只匆匆扫了一眼，只当是昨晚的视频发酵，然而现在看来似乎有点不一样。在自己最新的那条分析博下方，新增了许多裴瑾念的粉丝的评论。

他逛了十分钟微博，将事情理顺了一些。

裴瑾念昨晚手误点赞了一条评论，虽然很快就取消了，可还是被专业素养极强的"裴家军"们发现。随着各种截图传出，又引发了新一轮的高潮。

营销号们连觉都来不及睡，也纷纷下场带节奏。

宁世尘看着手机上的截图若有所思，这件事就算是裴瑾念手滑，可是不是也代表了什么东西？

宁世尘想要打电话问一问，看了眼时间，还很早，才七点十分。

他百无聊赖地逛了一圈又一圈微博，不少他的粉丝纷纷表示惊讶，不就是参加个节目吗，怎么还闹出了绯闻？

各种调侃和祝福将评论区塞满了，微博的私信也爆了。

宁世尘在飞机上小小地补了个眠，落地后精神抖擞。

下了飞机吹着暖风，呼吸着新鲜空气，他心头一动，打开手机拨通了裴瑾念的电话。

裴瑾念窝在床上愤怒地看着来电显示，都怪这个人，是克星吗？怎么总能给自己惹麻烦？

"裴老师，你醒了吗？"宁世尘轻快地问。

"难不成我是在说梦话？"裴瑾念语气有些冲，"不用问我，手滑而已，再见。"

宁世尘嘴角微微上扬，拖着长音，有些无奈："裴老师，我只是想说我回江门了，要不一起吃个饭？"

裴瑾念警惕道："你又想了什么坏招？"

宁世尘笑了一声，落在裴瑾念的耳中更是带着些张牙舞爪的感觉。她心火上来，直接就把电话挂了。

宁世尘愣了愣，不过竟然心底还有些开心，心情不错的宁世尘打了个电话给宋言知，让对方来接他。

裴瑾念把手机扔在床上，觉得有些无聊，她起来打开电脑，准备把昨晚没写完的新章节补上，网站编辑忽然给她发了个窗口抖动。

姜可："青青快来，召唤神兽青青！"

裴瑾念："出什么事了？"

姜可："刚才有影视公司来问《她的小情绪》的版权事宜，想要筹拍电视剧，而且那家影视公司还打算找你做总编剧！"

《她的小情绪》是裴瑾念去年完成的一本都市言情小说，男女主角一个是心理医生，一个是打工人，两人因为男主的季节性情感障碍而产生关联，并且相互吸引、相互治愈。

裴瑾念："我知道了。"

姜可："咦，我怎么觉得你一点儿都不激动啊，《小情绪》被搬上电视难道你不开心？到时候兴许还能够让裴瑾念演女一呢，不行不行，光想想我就觉得激动了。"

裴瑾念悠悠叹了声，那大概是不可能的了，当事人一点也不想一边做总编剧一边出演女主角，她只想安静地躺着。

她大学时期就在江寒网写文，只不过她当时签约使用的并不是自己的身份证，一直到写了几本书逐渐有了名气，粉丝越来越多也没有暴露过身份。姜可是她的第二任编辑，带了她三年多，然而她从不参加江寒网的年会，连姜可都不曾见过她的真面目，更不知道原来网上有名的大神作者竟然还是一线艺人裴瑾念。

不过《小情绪》要被改编成电视剧的这件事她还是很上心的，毕竟是自己的"亲闺女"，对谁不好都不可能对它不好。她的心情也好了几分，之前的气恼烟消云散。

宋言知前天和导师去北京参加一个交流论坛会了，温舒一下子无处可去，连着几天都待在宿舍，平时也只需要按时去宋言知家喂不语。

她知道宋言知白天要忙着开会，一天都难得休息，精疲力竭，因而哪怕心底想要联系他，也只能按捺住，晚上道一声"晚安"就已经是最大限度了。而宋言知回复的一个"嗯"或者"晚安"，也成了温舒最近的寄托。

下午，隔壁宿舍的同学过来一起看电影，六七个人随意地坐着。隔壁宿舍的月月抱着个兔子玩偶，看见温舒一脸忧郁，打趣道："温舒小同志，怎么，宋师兄才去北京几天就开始想他了啊？"

宿舍内的其他人登时笑了："这就叫'一日不见，如隔三秋'。"

"谈恋爱要把握一个度，不能太依靠男朋友。难道没有对象，这生活它就不转了吗？"

许轻晨轻咳了声："那也要看男朋友是谁，如果是宋师兄，你们难道不想把他藏起来？"

温舒抬起头，无所畏惧，慢悠悠道："那可不。电影都开始了，你们还不快看电影去，难不成这么想当柠檬精？"

她坐在拼图地毯上，脚上穿着毛茸茸的粉色兔子拖鞋。招风就趴在脚边，她拿起梳子一绺一绺地给它顺毛，招风乖顺无比。

"招风。"温舒梳着梳着，忽然停了下来，把小招风的脑袋枕在自己的大腿上，揉着它的头，自言自语，"你说宋师兄是不是忘记我了，不然怎么这么多天连个电话都不打过来。"

"会不会是被其他学校的女生缠上了？"温舒毫无根据地瞎猜。

"你说，他现在是不是正和漂亮姑娘在咖啡厅里，悠闲地喝着咖啡，对面的姑娘给他说笑话，兴许他还会附和两句，笑一笑逗姑娘开心，接着两人看对了眼……"

招风抬起头，正对着她，"汪"了两声。

温舒静了一会儿，揉了揉太阳穴，咳了咳："我知道我这是在瞎想，可我现在真的好无聊。我好想他啊。"

温舒眼神忧郁，直勾勾地看着招风。

不知道是不是错觉，她觉得招风听得认真，似乎也在瞪着圆溜溜的眼睛盯着她，小爪子轻轻拍了拍她的腿，在她怀里蹭了蹭。温舒的脸颊顿时红了大半。

过了几分钟，温舒的手机响了起来，离得最近的周君如拿起她的手机，瞥了一眼："宋师兄的电话！"

顿时，其他女生都来劲了，干脆将电影暂停，连手上的零食都悄悄放下了。

温舒接过手机，有人不忘提醒道："免提！免提！"

迫于压力，温舒只能打开手机免提，宋言知的声音如秋日的山间溪水，清澈而涓细。他说："今天上午参加了一个讲座，主讲人是楚教授，他讲得很不错，我记了一些笔记，回来拿给你看。"

他继续道："中午和其他老师一起在学校食堂吃的，味道一般。"

温舒答应："嗯嗯嗯，谢谢宋师兄！"

"下午还有一个交流会，时间很紧。"他语气轻松，如果仔细听，似乎还可以听见若有似无的笑声。

此刻，宋言知走在去交流会的路上，路上不少女生都看着他。

北京今天是个大晴天，午后阳光洒落，两旁树荫投下斑驳树影，阴凉与温暖交织。

"那你快去忙，我现在是不是耽误你了？要不还是挂了吧？"温舒忍不住说。

然而真舍得挂电话吗？她心中自然是有一个确切的答案。

宋言知回了句"没事"，他现在在路上，还可以聊十分钟。

许轻晨做口型道："十分钟！我们岂不是要酸死了！"

"宋师兄，这次交流会是不是有很多好看又厉害的人？"温舒将小心思藏在话里，问了出来。

宋言知沉默了一会儿，仿佛终于等到了一样，松了口气，回答道："我没注意。"

温舒一颗起起伏伏的心突然在这一刻安定下来。

得到了想要的回答，她连忙寻了个借口将电话挂掉。

温舒　张脸红得像软柿子，心扑通扑通地狂跳。宿舍里的其他人全在起哄，她被围在众人中间，羞涩的同时，心里也被甜蜜填得满满当当。

宋言知把手机收起来，他的耳尖一直红着，身后有人喊他的名字，他回头，游苑踩着高跟鞋出现在他面前，她声音软软糯糯的："上午我喊你，你怎么没听见？"

宋言知看了她一眼，疑惑地问："你是……景德镇？我没注意。"

游苑莫名有些尴尬，这是连她是谁都忘记了。

游苑心态不错，就当没听见，又问："那现在注意到了，晚上一起吃饭怎么样？我请你。"

宋言知没回答，扭头继续往前走。游苑也不泄气，跟了过去。

到了会场，已经有不少人先到了，其中就有曲江星。

曲江星见着宋言知眼神一亮，遥遥喊了声"宋哥"。宋言知看了过去，嘴角上扬，微微点头。

宋言知对他笑了？曲江星有些惊讶，不知怎么的，他觉得宋言知这次变了好多，这才多久，都有种重新认识的感觉。

宋言知寻了张桌子坐下，跟过来的游苑准备霸占他旁边的位置，然而曲江星眼疾手快，挪开凳子，先坐了下来，他扭头笑着对游苑说："不好意思，这里有人了！"

"你！"游苑哪里受过这种气，可是这个场合也不能发脾气。她爸坐在对面的桌子上，看了她一眼。游苑冷哼了声，不情不愿地坐在了曲江星身旁的位置上。

还有几分钟交流会才开始，曲江星侧过身，打量了眼周围，奇怪地问："宋哥，这次温舒来了没，我怎么没有看见她啊？"

宋言知把笔记本放在桌上，语气淡然："她在学校，没来。"

曲江星遗憾地"啊"了一声："为什么不来，我还以为又可以一起去吃烤串，宋哥你不是还有三天才回去吗，不想她吗？"

他八卦兮兮地问着，对宋言知和温舒的事好奇无比，游苑冷哼了声，看着宋言知和曲江星说："可以找我一起去，不过我不喜欢吃烤串，我还是更喜欢吃西餐。但是为了宋言知，我也可以尝试。"

曲江星扭头，及时打断了她的独角戏，笑嘻嘻地回答："还是不耽误游大小姐了，烤串这么油腻，哪里配得上你的身份。"

这话讽刺意味极浓，游苑哪里会听不出来，可是交流会正好开始，她也不好再造次。

宋言知坐得笔直，敛着神色，眉梢弯了下来，目光却有些飘忽，好像在思考着什么事的可能性。

宁世尘坐在餐厅等裴瑾念，他把餐厅地址和时间都发给了裴瑾念，然而对方迟迟没有回复。

距离约定好的十二点半还差十分钟，他百无聊赖地翻微博，翻看粉丝自己剪辑的视频。

过了几分钟，餐厅门口进来了一个戴着帽子、墨镜，全身上下裹得十分严实的女人。

裴瑾念四处瞥了瞥，然后直接朝着靠窗的那个卡座走了过去。

她坐下，把包放在身旁。宁世尘恍然，笑了笑："裴老师。"

裴瑾念压低帽子，将墨镜摘下，冷言冷语道："别这么大声，我听得见！"

宁世尘笑笑，没因为对方的语气而感到不适，喊来服务员添了杯热水。

餐厅里有看过节目的观众认出了宁世尘，都悄悄看向他，小声议论着：

"那人好像是宁世尘，我的天，他怎么在这儿！"

"他对面坐的会是谁，他现在不是在和裴瑾念传绯闻吗？啧，看来传闻是假的，绝对是节目炒作。"

"兴许对面就是裴瑾念呢？"

有胆子大些的裴瑾念的粉丝突然走了过去，拿出一本小说和笔，冲着裴瑾念道："你好，请问你是裴瑾念吗？我不是记者，就是单纯的裴老师的粉丝。如果你是裴老师，可不可以请你签个名？

"我没带纸，但这本小说是我很喜欢的作者写的，如果能够有裴老师签名的话，我就太幸福了！如果认错人了，我先给你道歉，实在不好意思。"

宁世尘饶有兴趣地看着眼前的画面，心里暗暗发笑，裴老师的粉丝好像很有趣啊。

既然已经被猜到了，裴瑾念也不刻意隐瞒，她索性摘下帽子，露出美丽动人的脸颊。

小粉丝一脸惊喜，张大嘴巴，就像是小时候做过的摘星星的梦成真了，满满的幸福感油然而生。

裴瑾念微笑着说："谢谢，我很开心，对了，签在哪里？"

小粉丝把小说打开，露出内页，将笔递给裴瑾念，紧张到都快说不出话来。

裴瑾念接过笔，准备签名，这才看见内页上的书名——《她的小情绪》。

她莫名有些想笑，心情好了许多，对这个小粉丝更加有好感了，粉完真人粉二次元！这也太真爱了！

收获签名的小粉丝弯腰鞠躬各种感谢，激动到眼泪都快流出来了，在这之后又有好几个人来要签名，宁世尘及时帮忙挡人，不然只怕这顿饭都没时间吃了。

桌上的菜已经上齐了，宁世尘说："我还以为裴老师会生气。"

裴瑾念拿起筷子，说："我为什么要生气？"她有些奇怪，盯着宁世尘，认真道，"难道我长得就很像那种嚣张跋扈、傲慢无礼的人？"

宁世尘自然不会承认，将桌上那道酸汤肥牛往对面推了推，坚定道："裴老师当然不是。"

餐厅的音乐绵绵软软，一个人话里带刺，一个人却不论怎么样都可以圆回来。

"裴老师，其实你不夹枪带棒的时候，很像我见过的一个人。"喝了些酒，宁世尘脸颊泛红，看着裴瑾念，仿佛看到了小时候的那个故人。

裴瑾念满不在乎地反问："谁？"

宁世尘自嘲地笑了笑："小时候碰见的一个女孩。说来也好笑，我小时候还被人贩子骗走过，被人贩子带到了江门，关在了一间小房子里。那时候有个女孩住在附近，发现了我，想要帮我。但是当时我会错了意，还咬了她一口。后来我被救了出去，警察把我送回了家，之后就没有再见过那个女孩。

"我听说那时候是她找的警察，所以这么多年一直很想找到她，认真对她说一句谢谢，可是却一直没有机会。后来慢慢地，又被各种事情耽搁，一直到现在。"

宁世尘想了想："我记得好像距离你叔叔婶婶的烧烤店不远。"

裴瑾念的心倏地一震，再看宁世尘的脸只觉得比之前更加面目可憎，如果说之前只是单纯地不喜欢别人靠近她，那么这个时候所有的讨厌都有了根源。

原来那个人是他！

裴瑾念放下筷子，拿起包，戴上帽子，霍然起身，朝餐厅外走。

宁世尘不知道自己说错了什么，怎么裴瑾念突然走了，而且好像还有些生气。

他还以为两人的关系应当已经有所缓和，可是现在看来，似乎只是自己一厢情愿的以为。

宁世尘第一次有些手足无措，他猜不透裴瑾念的想法。

裴瑾念突然离开，好几个吃瓜群众抓拍到了照片，只怕等到下午，微博上就全是当红女演员和绯闻男友不和的消息了。

餐厅外，裴瑾念招手打车，一辆计程车停了下来。宁世尘追出来时，裴瑾念已经坐上计程车离开了。

宁世尘神情微微有些落寞，想不明白到底发生了什么。

交流会进行得很顺利，曲江星坐在偶像身旁更能够感受到优秀的气场，于是更加佩服宋言知了。

宋言知低着头，眼睛看着手机，思量了好久。

宿舍楼内，温舒坐在地毯上看书，手机忽然发出"叮咚"的信息提示音。

她没在意，只当是什么软件的推送，继续认真看书。忽然，她手上的书页被一只毛茸茸的爪子挡住，招风拍着那本《人格心理学》，将其推了下去。

温舒挠了挠招风的背，装凶道："不乖是不是，小心晚上不给你开罐头吃了！"

平时的招风可能还会委屈巴巴地呜咽几声，然后立刻停下来。然而此刻，招风咬着书放在地面上，正好放在手机旁边。

温舒皱着眉，却也对它生不起气。小招风一直盯着温舒，看着她拿起书，然后顺手将手机拿了起来。

它这才安心，舒适地伸伸腿，摆好姿势趴在一边。

温舒拿起手机刚准备打开，周君如突然喊道："小温同学现在有空吗？我电脑系统出问题了，都蓝屏了。"

温舒"噢"了一声，轻快地答："别着急，我先看看。"

她又将手机放在旁边的小桌板上，拍拍手，站起身，准备过去看一看周君如的电脑出了什么问题。谁知道招风慌张起来，"汪"了一声，然后咬住了她的裤腿，大有不许她走的架势。

温舒眨了眨眼看着招风，它正可怜兮兮地看着自己，她一时没领会到意思，觉得奇怪，只道："乖，别闹了。"

招风坐在地毯上，耷拉着耳朵，沮丧无比。

周君如的电脑上出现了一连串奇怪的代码，温舒十指如飞，检查了一遍，的确是系统的问题，接着在室友们的注视下，熟练地重装了电脑系统。

重装系统并未花费太多时间，然而在某只汪星人和某个远在北京的人心中，却好似过了漫长的一个世纪。

温舒伸了个懒腰，招风不停地催促她，小桌板上的手机发出亮光，微信推送了新的消息。她看了一眼，拿起手机，宋言知发了消息过来。

——曲江星说好久没见，问你有空来北京聚一聚吗？

温舒的眸光从淡然转到不敢相信，她晕晕乎乎地回复了信息，呆滞了一会儿，然后紧张地欢呼了一声。

旁边几个人吓了一跳，忙问是天上掉钱了还是外星人袭击地球了，发什么疯？

温舒轻咳了声，说："你们在说什么胡话？"

周君如推了推眼镜，一脸看破所有的神情，幽幽地说："爱情啊，使人着迷。"

温舒回了句"别瞎猜"，紧接着开始收拾衣物。

许轻晨偏过头，看见她这架势，奇怪道："你收拾衣服去哪里？"

温舒神色淡然，一边收拾一边回答："北京。"

众人一阵惊呼，这千里寻夫的架势算什么？爱情的味道就这么让人沉醉，不过三天宋言知就要回来了，竟然连这么几天都等不住吗？

她们这群朋友就不配拥有姓名吗？

温舒沉吟了一会儿，笑眯眯地说："不配。"

恋爱了就能这么欺负人吗？

交流会结束之后，曲江星邀请宋言知一起吃饭，游苑也想要跟着一起去，宋言知却直言不方便。

他看起来心情不错，曲江星不解："宋哥，你是不是约了其他人？"

宋言知点头，曲江星瞬间反应了过来，惊喜道："温舒？"

曲江星瞥向游苑，旋即笑着说："游大小姐还是自己去吃西餐吧，祝你用餐愉快。"

曲江星兴奋地对着宋言知道："宋哥，几点的飞机，我们现在去机场接人？"

宋言知深深地看了一眼对方，方才还兴奋不已的曲江星暗暗揣测着这个眼神到底藏着什么深意，好一会儿才用手指着自己，紧接着露出不敢相信和无比委屈的眼神，问："宋哥，我不能去吗？"

宋言知将手上的那些书和笔记交给他，认真道："今天方教授讲的心理行为的几个点很重要，你再仔细看看，不懂的地方可以问我。"

曲江星无奈，可再郁闷也只能应了下来，游苑幸灾乐祸地嘲笑了一声便离开了。

飞机窗外云层疏散，下方的青山染翠，湖泊如宝石，城市的建筑变得无比渺小，温舒上了飞机后心就开始怦怦狂跳。

额头上因为焦虑而生出了一些冷汗，空姐经过时温声询问需不需要帮助，温舒心道，能够治病的药在千里之外，还能有什么东西能够代替呢？

落地时已经是晚上七点多了，灯光连绵成片，温舒只提了个小包，带了一点换洗的衣服。

四月的北京不比南方，仍旧带着寒气，比春寒更峻。

她戴着帽子，走出通道。宋言知发了消息过来，他到了。

接机的人很多，还有许多出租车司机在揽客，人头攒动，温舒原本还有些担心自己会不会找不到对方，然而事实上，没一会儿她就看见了宋言知。

人群中，颀长的身躯很好认，宋言知抿着唇，带着不易近人的气息，准确地出现在了她面前。

"宋师兄。"

温舒喊道，宋言知极快地反应了过来，将目光投向这儿。四目相交，温舒一路上怦怦狂跳的小心脏忽然安静下来，像是被一层棉花包裹得妥帖无比，她走过去，看着宋言知。

呼吸中仿佛都带着让人心动的惊喜，明明才几天不见，却像是久别重逢般满足。

温舒探头打量了眼周围，问："曲江星呢，他怎么不在，不是他说太久没见要和我约饭吗？"

宋言知面不改色，说："他临时有事，不能过来。"

　　"这样啊，"温舒有些遗憾，她其实也挺期待见到曲江星的，"我还以为他会来接机。"

　　"嗯，先去酒店吧。"

　　宋言知这话落在温舒耳边，莫名让她脸颊生出一点红意。

　　从机场回酒店还有很远的一段路，两人坐在计程车上，看着一路的风景，默不作声。

　　"你们是来北京旅游的？"车内古怪的安静让司机师傅有些不太适应，出声打破安静的氛围。

　　"啊，对。"温舒知道宋言知不会回答，应了声。

　　"你们做好攻略没，准备去哪里玩啊？需不需要报个团？我有个朋友是旅行社的，有好几条情侣线路可以推荐，报我的名字可以打六折。"司机热情地道。

　　温舒偷瞄了眼宋言知，准备同司机师傅解释他们不是情侣，然而宋言知神色沉静，回道："麻烦了。"

　　"不麻烦，不麻烦，你可以先加我微信，我一会儿就把我朋友的微信推给你。"师傅笑着说。

　　宋言知将手机对着前排靠背上挂着的名片牌，扫码添加。

　　温舒坐在宋言知身旁，有些难以想象此刻的场景。

　　到了酒店，宋言知领着温舒办理入住，时间尚早，大都市的夜生活方才开始，宋言知皱着眉，不知想到了什么，转身拿出手机翻看。

前台的工作人员将身份证和房卡递给温舒，她收好之后便在一旁等宋言知。

宋言知看手机看得认真，过了两分钟方才放下，呼吸略有些急促，故作淡然道："先上楼放东西，一会儿我们去逛一逛。"

温舒点点头，两人一起上楼，宋言知就住在温舒隔壁。

出门时，宋言知已经在等她了，他换了套衣服，深蓝色卫衣和休闲裤，头上戴着黑色棒球帽，显得青春洋溢。

温舒眼前一亮，旋即又觉得自己也太花痴了，宋言知本就还年轻，自己实在是大惊小怪。

饶是如此，她还是偷偷站在拐角处给宋言知拍了张照，接着装作自然地同宋言知等电梯。

出了酒店，两人打车到了南锣鼓巷，宋言知扫了眼四周来往的人流，轻咳了声，道："这里挺适合逛的。"

"对，是很适合。"温舒忙不迭地回应。

附近有几个女生听见两人这么没营养的对话忍不住笑了笑。

宋言知看了一会儿手机，辨明方向："那边有家奶酪店好像不错。"

温舒自然地跟过去，这家店的酸梅汤和原味奶酪是招牌，味道出奇地不错。

两人坐在小店角落里仅有的空位上，宋言知喝了一口酸梅汤，问："怎么样？"

温舒嘴里塞满了食物，鼓着腮帮子点点头。

宋言知看着她，眼神温柔，而后低头，嘴角扬起浅浅的笑。

从奶酪店出来之后，两人又去了一家叫"创可贴8"的小店，店里摆放着琳琅满目的特色商品。

温舒一眼就被一件文化衫吸引住，她拿起来，直接对着镜子比画："宋师兄，这件怎么样？"

宋言知放下手中的搪瓷茶杯，看了过去，温舒甜甜地笑着，一身清澈柔软的气息，他道："不错。"

"那就这件！"温舒将这件衣服拿在手里，趁宋言知不注意又拿了一件同款，只不过上面印的图案不同。

这也算情侣衫吧，她高兴地安慰自己。

宋言知提议去逛后海公园，已经晚上十点多了，这里的酒吧正热闹，有些商家还在揽客。

河畔灯光渐染，文艺而清新，透过玻璃窗，可以看见酒吧内的小乐队正在唱歌。

这个时节旅游人数不少，宋言知瞥了眼路旁，让温舒等他一下，然后走到一旁的卖荧光发卡的摊前。

卖发卡的是个小姑娘，见着宋言知睁着大眼睛，眼睛扑闪扑闪。

"这个。"宋言知选了一个粉色的荧光耳朵发卡。

小姑娘偷瞄了眼附近，轻声道："帅哥，你一个人？"

宋言知摇头，小姑娘有些失落，不过很快就收拾好心情，快速道："和女朋友吗？那就再买一个，现在买一送一，只要二十五。"

她极快地又选了个同款的蓝色发卡放在宋言知手上。

旁边的小情侣"咦"了一声："你刚才可不是这样说的啊，不是三十一个还不优惠？"

小姑娘皱着眉："我喜欢我愿意。"

耳边声音嘈杂，宋言知拿着那两个发夹朝温舒走过来，温舒正被人搐掇拽着进酒吧。那人虽然笑着，可是落在宋言知眼中有些奇怪和扎眼，他走了过去拦开那人，冷声道："很晚了，我们回去吧。"

温舒不解："可是我们不是刚来吗？"

宋言知胡乱编了个理由："曲江星约你打游戏。"

正在认真看书的曲江星忽然重重地打了个喷嚏。

温舒奇怪："他怎么不直接给我发消息？"

宋言知心里"咣当"一声，他实在想不到怎么解释，微微眯着眼睛。他鼻梁挺拔，映着灯光，分外好看，温舒不禁开始反思刚才的行为，怎么可以对宋言知那样说话。

宋言知将手上的那个发卡递给她，温舒只觉得万分惊喜，见他手上还有一个，便拿了过来："宋师兄，我来给你戴吧。"

她踮起脚想要给宋言知戴上，然而高度不够。就在她一筹莫展时，宋言知微微弯腰，温舒整个人一滞，竟然有些手足无措。

宋言知适时提醒了一句，声音如同海风，又像是青草，抚过她的耳朵，她顺势将发卡夹在了宋言知的脑袋上。

时间定格在这一秒，附近的一个街拍摄影师赶忙拍下这一幕。

"走吧。"宋言知抬头，语速略快。

回到酒店，关上门。

宋言知坐在沙发上，将脑袋上的发夹取了下来，他用手摩挲着发卡，仿佛又回到了温舒帮他戴上的那一刻，女生踮着脚，笑得那样好看。

他拿出手机，手机页面还停留在一个旅游攻略上。

——北京夜游最佳情侣路线。

隔壁房间里，温舒深深地舒了口气，躺在床上，疲惫了一天，她仍旧难掩心头的兴奋之情，她看着天花板，连日光灯的光芒都仿佛带着粉色的泡泡。

每个泡泡都藏着她心底的一丝喜欢，在梦中不断蜿蜒生长，而后彻底融合成了宋言知的模样。

第九章

孤独的你

Xiangguo Tu
Huaili De Mao

温舒跟着宋言知蹭交流会，曲江星也在会场内。曲江星见到她，可算是见着人了。

温舒听着这话有些不解，难道不是对方总是有事放自己鸽子吗？

她想要询问，宋言知神色诡异，大约是不太高兴，淡淡地对曲江星道："认真一些，刚才的重点记下了吗？"

"啊！"曲江星仰天长叹，仿佛一只被抓到痛处的小仓鼠一般，不敢再偷懒。

温舒也收了心，宋言知在学术上一向认真，自是看不得有人在学习上不认真，那次在景德镇也是如此，那个高中生被教训的场景还历历在目。

学术交流会结束之后，宋言知让温舒收拾好东西准备去爬长城。

曲江星逮着机会想要跟着一起去，这回他长了记性，果断同温舒道："温舒，我帮你拎包吧，长城可不是这么容易爬的。"

温舒不解其意，这人怎么忽然献殷勤，然而只有曲江星知道，若是不提前找好机会，只怕自己又要被落下了，天知道他有多辛酸，难道谈恋爱就一定不能有电灯泡？怎么去哪儿都不带他玩！

他明明已经很配合了！

翌日清晨，三人坐上了去长城的班车，车上的向导正介绍着古长城的遗址。

到了八达岭长城，买了票，三人选择了半步行的方式。

虽然还未到旺季，但是这个时节天气适宜，所以游客非常多。曲江星殷勤地提着水和零食，充当合格的电灯泡角色，宋言知就算是想挑刺，也找不出任何不满意的地方。

登高望远，自是别有一番趣味，站在城墙之上遥望远方，绿树青翠，草长莺飞。温舒深吸了口气，偷偷瞥了眼宋言知，她莫名有种想要表白的冲动。

不过这儿人太多，温舒有点儿害羞，而且宋言知性子冷，她担心宋言知会被她突然的举动吓到，立刻黑脸掉头走掉。

温舒轻轻甩了甩头，把自己的小心思全数收好，她看向一旁的宋言知，好像就这样也很好。

游客在一旁穿行，小贩卖着登山杖，三两少年坐在台阶上休息。温舒站在原地不动，脑海中浮想联翩。曲江星皱着眉准备拍醒她，然而手刚伸过去，宋言知便瞥了他一眼。

嗯，曲江星明白了，讪讪地收回手。

宋言知向右挪动了小半步，他身材颀长，正好挡住了落在温舒眼睛上的刺眼阳光，他声音恬淡轻柔："走吧。"

温舒下意识地应着，跟在宋言知身后，一步步地向上走。

这一段路偏陡，从上向下看，还有些骇人，然而温舒跟在宋言知身后，看着他的背影却莫名安心，连带着刮过耳畔的春风都柔软了。

原本的疲惫仿佛都被打消，温舒像是吞了神话传说中的灵丹妙药，两人一前一后，不知疲惫，竟一口气又走了两千米。

曲江星实在扛不住了，他还背着东西，只能停了下来，气喘吁吁地看着他们两人越走越远。

走到这一段关隘的最高处，宋言知停了下来，温舒没注意，一头撞了上去，感知到对方宽阔的后背与结实的肌肉，她还当出了什么事，问道："发生什么事了？"

"休息会儿吧。"宋言知递了一瓶水过来。

温舒"噢"了一声，这才发觉自己小腿酸疼无比，口也很渴。

她回头看自己所走过的路，吓了一跳。站在高处，可以看见长城蜿蜒起伏，游客们川流不息，他们已经走了远远的一段路。

人可真是潜力十足的物种，平日里几乎做不到的事情，一旦有了前行的目标，竟然可以不经意间做到。

"要拍照吗？一会儿就可以洗出来。"拿着相机的大叔过来拉客。

温舒看着宋言知，嘴上说着不用，然而宋言知看出了她的真实想法，主动说："我们拍一张吧。"

这儿的风景的确不错，照相人叔拎着相机让两人摆好姿势，温舒站在宋言知身旁，中间隔着一个拳头的距离。她虽然很想靠近一些，可是不敢越雷池半步。

大叔移开相机，无奈地说："靠近些，怎么隔得这么远啊？"

温舒深吸了口气，向右靠了一点，但照相大叔仍旧不太满意："帅哥，你的姿势太僵硬了，你们这个年纪的情侣拍照不是应该很欢快吗？"

大叔的声音很大，温舒没说话，宋言知忽然揽住了她的肩膀。

宋言知的一只手放在她的肩上，那只骨节分明的大手很好看，温舒心下一动，连照相大叔的声音都听得不真切了。

"笑一笑。"大叔说。

"咔"的一声，画面中是傻笑的少女和微笑着的青年，背景是蜿蜒长城和碧蓝天空，说不出的欢喜雀跃的小心思萦绕在不知名处，温暖而动人。

北京一游很快就结束了，他们还带回了一个跟班，曲江星今年毕业，因为已经保研了所以时间很充裕，跟着他们一起回了江门。

温舒和宋言知取登机牌时，曲江星已经端着咖啡等在一旁了，殷勤热切地拍马屁。

在温舒眼中，曲江星是想要近距离地接触偶像，正好可以放松一次。

而在曲江星的眼中，这些都不重要。他更八卦温舒和宋言知到底是如何在短短时间内关系突飞猛进的。真相需要经过实践才能论证，他相信，一定是有什么不可告人的东西在推动着这一切。

宋言知冷眼看着，约莫心底对曲江星有一丝丝的愧疚，倒是难得地没有作声，并且收留了他。

下了飞机，李九歌在出口等着，远远见着他们，兴奋地喊道："小舅舅，温舒，这儿。"

曲江星眼神好，目光在那个和自己差不多大的青年以及宋言知身上来回瞥了好几眼，他长叹了声，毫不客气地赞道："大神不愧是大神，年纪轻轻辈分都比一般人大。"

温舒失笑，拍了拍他的肩膀："曲江星，其实你不用这么拍马屁，宋师兄不喜欢这样子。"

曲江星立刻住口，还不忘偷偷瞥了眼宋言知。

李九歌对身边的陆家辰道："主编，你帮我拍一下。"

李九歌的车上午被钉子戳爆胎了，可是他还准备了一些接机用的东西，只能和同事借车，其他同事还没回答，陆家辰便接话说他有空，可以帮忙。

在一众同事的默然长叹下，他也只能顺其自然地答应，谁让他也没有勇气拒绝。

陆家辰将手机调到录像模式，李九歌兴奋地掏出横幅海报，像个活脱脱的追星族。

横幅上面写着大大的一行字，十分醒目——"热烈庆祝小舅舅和温舒甜蜜旅行结束"。李九歌还弄来了一个小喇叭，小喇叭"滴滴"地响了几声，将周围人的目光统统吸引了过来。

温舒只觉眼前一黑，这下宋言知可怎么看自己，不会以为是她撺掇李九歌故意安排的吧。

然而宋言知好似未觉，他自然地走过去，如果温舒仔细看的话，也许会发现她的宋师兄此刻耳尖红红的。

曲江星一路上活络非常，充分发挥自己的好口才，将宋言知夸得天花乱坠，生怕宋言知不留情面地将他扔下车。

温舒无奈地看向他，曲江星心虚地看了眼天，全都当作不知道。

回到宋言知家，李九歌使了好些眼色给温舒，随后撺掇小舅舅煮饭。

温舒看向陆家辰，道："陆先生，谢谢你来接我们，一起留下来吃个饭吧。"

李九歌微愣了一下，温舒不帮他送客就算了，怎么还会错意主动让陆家辰留下来？

他忙不迭地看了眼领导，陆家辰淡笑着答应，惊得李九歌以为自己是在梦里，冷酷主编竟然笑了！

曲江星躺在沙发上，被一旁乖巧睡觉的不语吸引，他想要揉揉不语的脑袋。

"小心。"温舒提醒了声。

小白猫张牙舞爪的，不愿被人碰，曲江星吃瘪，喃喃："宋哥的猫都和别人家的猫不一样。"

宋言知的美食技能依旧满点，一顿饭吃得宾客尽欢，李九歌坐陆家辰的车回了公寓，曲江星挺着个大肚子回客房躺下休息，温舒熟络地收拾碗筷。

好些天没在家，到处都积了浅浅一层灰尘，她端着热水，拿着抹布开始做家务。

书房也落了灰，温舒看着桌上孤孤单单的陶瓷娃娃，将其拿在了手上，轻轻擦拭。

脚步声清脆，宋言知喊了一声，温舒扭头，手上力道一下没控制好，陶瓷娃娃忽然掉了下去。

一声脆响，陶瓷娃娃碎成了几块。

温舒脑中空白一片，眼前的宋言知眼神变了变，幽深且难以捉摸。温舒一边收拾一边道歉，愧疚无比，然而宋言知没有回应，只将那几块碎片拿了过来，之后便将自己一个人关在书房里。

温舒仿佛被重重地砸了一下，平静无波的湖泊往往更让人觉得可怕，她收拾好客厅，在书房门口等了两个小时，然而宋言知始终没有出来。

她叹了口气，回了学校，一到宿舍就无力地趴在桌上，看得几个室友一阵心疼。

温舒撇着嘴，眼眶红了大半圈，看着关切的几个人，心塞道："宋师兄可能要讨厌我了。"

室友们对视了一眼，这么严重？

温舒已经几天没有看见过宋言知了，越是如此她越愧疚。

赵竹青找人问了其他师姐，才知道宋言知已经好几天没来上课了，这儿日都待在家里。

温舒发了消息让曲江星好好照顾宋言知，然后去找李九歌。

咖啡店里放着舒缓的民谣，李九歌握着咖啡杯，听温舒说那个陶瓷娃娃碎了之后倒吸了好几口气，愣了好一会儿。他也不太清楚这个

陶瓷娃娃的来历，只不过在印象中，这个陶瓷娃娃对小舅舅好像很重要，有一次他只不过碰了它一下就被小舅舅凶了好一通。

他关切地问道："小舅舅有没有骂你？你别把这事放在心上，这是例外。他平时虽然冷冰冰的，但是也不至于乱发脾气，你……"

温舒身上的气息很低落，看得人心疼，她轻声回道："宋师兄没有骂我。"

李九歌顿时把安慰人的话吞了回去，噎得他心肝脾肺肾都仿佛被什么东西哽住，好一会儿，才愤愤地小声吐槽："什么小舅舅，说到底还不是重色轻外甥，双标男！"

温舒没听见，她认真思量了会儿。李九歌看着她的黑眼圈，又收起那一丝委屈，满是心疼地说："小舒，你先好好休息，我回去问问我妈，一有消息就立马告诉你。"

晚上，温舒踩着步子，在书房门口"喵"了好几声，宋言知开门。温舒昂着头，想用小爪子抓住宋言知的裤腿，然而宋言知向后退了一步。温舒没能得逞，只能可怜兮兮地盯着宋言知。

——喵。

宋言知，你不要生气了。

桌上摆着尝试着拼凑了一半的陶瓷娃娃，宋言知小心地用胶水粘上那些瓷片，温舒有些心疼。

温舒更加觉得内疚无比，她跳上桌，拼了命地吸引宋言知的注意力。

挠头、挠腿、转圈，然而这些都不管用。

温舒咬牙，无论如何都要哄好宋言知，反正自己的意识现在在不语身上，也不用在乎脸面。她心一横，踩在桌垫上，艰难地直立起身，扭动臀部像是在跳舞，摆出各种谄媚献好的姿势。

宋言知看了不语一眼，小白猫张牙舞爪的，和平时很不一样。

他眼神微暖，低头，靠近不语，目光落在了不语身上。

"你在担心我？"

宋言知声音微哑，好像封闭了很久。四目相对，温舒怔怔地看着他，看着他那双清澈乌黑、藏着星辰的眼睛，仿佛可以从他眼中看见自己的存在。

宋言知揉了揉小白猫的头，尽力让声音变得温柔些："让你担心了，我很好。"

温舒现在有些纠结，她的确很开心。可又有些惊讶，她总觉得宋言知这句话好像是在和她说的。

她正思考着，身体蓦然腾空，宋言知已经将她抱了起来，她窝在宋言知的臂弯中，想要看一看宋言知此刻的表情，可哪怕猫科动物身体再柔软，仍旧无法扭动身子看清上方。

宋言知走出书房，曲江星听见动静跑了过来："宋哥，你饿不饿？"

宋言知慢悠悠地回答："不饿，出去走走。"

曲江星想要陪他一起，宋言知却道："已经有人陪了。"

他目光若有似无地停留在怀里的小白猫身上，曲江星看看他，又看看猫，一时间没明白宋言知话里的意思。

温舒和曲江星一样一头雾水。

月光落在地面上，宋言知抱着不语走在街上，路上有女生想要搭讪，小白猫立刻摆出了凶神恶煞的模样。

温舒轻哼了声，果然宋言知的身边总是会出现这样的事，她都做了多少次"坏人"了。女生不死心，宋言知沉吟了会儿，瞥了眼凶巴巴的小猫，忽然开口道："不好意思，我已经有喜欢的人了。"

石破天惊，温舒心里"咯噔"了好几下，宋师兄这话到底是为了搪塞对方，还是真的已经有喜欢的人了？

她慌忙询问，出口却是一连串的猫叫声。温舒想要探出身子仔细观察宋言知的表情，却被毫不留情地"镇压"了下来。

女生沮丧地离开，宋言知抱着不语沿着河边走了长长的一段路。水纹荡开，河水中间映着一弯明月，似小船悄然躺在水面之上。

四周静悄悄的，偶尔有几只青蛙发出叫声，落在心上却使人越发安静惬意。

宋言知在路边的一家面馆吃了碗面，买了一杯咖啡拿在手中，又在公园的亭子里坐了半个小时，漫无目的，也没有要去做的事。

温舒一直陪在宋言知身边，心想宋言知是在等人吗？她安静地陪宋言知等着那个人来，那个人很可能就是宋师兄喜欢的人。

小白猫紧张兮兮的，戒备地看着周围可能出现的人员，恨不得挂上一块牌子，写上正红色的几个大字——"有对象，勿扰"。

可是一直到了深夜，温舒都没有等到人来，直到她闭上眼，重新回到了自己的身体中，心里没来由地生出几分凉意。

宋言知有喜欢的人了。

她在公寓里坐了几分钟，然后匆匆推门下楼，打车到了公园附近，街头冷清，她小跑着寻人，可距离她回去再来也有半个小时了，她又没有和宋言知说过，宋言知恐怕已经离开了。

温舒孤孤单单地站在原地，路灯昏黄，她看了看天，脚尖踩着一片绿叶，踢了踢石子。

"宋师兄会在哪儿呢？"

温舒漫无目的地走在街上，在尽头拐角处，她隐隐约约地看到身后有个影子跟着她，她皱着眉头，加快脚步，后面那人也加快了脚步。温舒心跳得飞快，想要尽快跑向人多的地方。

每个人在面对危险的时候，都希望眼前可以立马出现一个能拯救他的人。

如果正好是你就更好了。

温舒心想，她现在需不需要去买一张彩票。

宋言知就站在她眼前，手上拿着空杯子，他脚边站着不语。

身后那个戴着口罩的卫衣男匆匆离开，温舒激动得想要落泪，她含着泪花跑向宋言知："宋师兄，还好你来了。"

宋言知微松了口气，淡淡地问道："为什么这么晚还要在街上乱逛？"

温舒才不会说自己是来蹲人的，她嘴皮子打架，磕磕巴巴地找了个借口："睡不着，所以出来散散心。"

温舒问："宋师兄，你还在生我的气吗？"

宋言知答："我没有生你的气。"

温舒认真地看着对方，忽然道："宋师兄，我能不能问你一个问题，关于那个陶瓷娃娃的来历。你先别急着拒绝，我这也是为了这次课题着想，你是我的研究对象，总要多深入了解师兄，报告才更加完整。"

宋言知："深入了解……这是你的想法？"

温舒点点头又摇摇头，带着壮士一去不复回的孤勇与忐忑，说："一切以学习为重，师兄你……不愿意吗？"

宋言知沉默了一会儿，而后答："没有。"

夜晚寒气重，附近只有一家粥店开着，宋言知领着温舒进去坐了会儿，温舒奇怪地看着不语："宋师兄，你怎么不抱着不语？"

宋言知微怔，随意道："它喜欢多动动。"

饶是温舒，也不禁觉得自己是不是看错了不语，它难道不是一只十足的懒猫？

地上极尽优雅的不语"喵"了一声，冷冷地迈步，心想：冷漠的铲屎官，怎么轮到自己就不抱了，它明明也是需要关心呵护的小喵星人呀。

粥店里还有一桌客人，服务员上了两杯热水，宋言知沉默了几秒，而后直接开口同温舒解释。

宋言知的父亲很早就过世了，家中只剩下母亲和姐姐，陶瓷娃娃是宋言知的妈妈在他七岁时送给他的生日礼物。生日那一天，宋言知很开心，和妈妈去了海洋公园，还和海豚合了影，然而没过几天，宋母就离开了家去了国外，之后很长一段时间都没有回来，只剩下陶瓷娃娃一直陪着他。

宋言知的姐姐宋晓大了他二十一岁，那段时间她又要忙事业又要照顾李九歌，两头跑，忙得晕头转向，因而也很少在家，能够给予的关心自然少得可怜，直到后来辞职，才有充足的时间照顾弟弟。

可她发现，原来弟弟已经很独立了，独立到将家里的钟点工辞退，一顿饭可以煮得像模像样，任意变换口味。只是宋言知也变得越来越内向，时常独自坐在阳台上，静静地看着天边云层舒卷，静静地发呆。

宋晓同志疼得心肝脾肺肾都在打战，之后更是恨不得把宋言知时刻带在身上，然而宋言知已习惯了一个人，她索性把李九歌扔给弟弟做伴，希冀着活力满满的儿子可以感染宋言知。

身为宋晓同志的优秀儿子，李九歌自然要为她分忧，高中之前天天往宋言知那儿跑。

和温舒最初的设想差不多，温舒听得认真，心也跟着揪起来。

哪怕这些故事，生活中听得太多太多，可依旧难受无比，更何况故事的主人公是宋言知。

那个在她眼中寂寥若星辰的人。

亿万星辰汇成星河，渺渺茫茫，每一颗星星之间的距离都难以计算，终其一生只能隔着无垠太空遥遥相望。

她知道人人生而孤独，无可避免，却依旧抑制不住地难过。

原来宋言知，一直这么孤单。

回去的路上，夜色沉静。

宋言知站在家门口，眸光黝黑如墨。

温舒看着故作坚强的宋言知，心底越发难过，她未有思量，踮起脚，头一次，将所有的拘束和礼仪教条抛之脑后，伸手抱住了宋言知。

和借用不语的身份趁机靠近宋言知不同，此刻的她贴近对方的胸膛，感受到了跳动的心脏，她闭着眼，抛开脑海中的一点旖旎念头，认真且温柔地道："宋师兄，一切都会变好的。"

她像一盏散着光亮的灯，蓦地将他包围，宋言知一怔，感觉温暖了许多。

良久，他声音沙哑，脸颊和耳尖的颜色被夜色遮挡，只透着一点微不寻常的红意："嗯。"

温舒半夜才回到公寓，然后给李九歌发了条消息。

原生家庭对一个人的成长有着很大的影响，因为这件事，温舒一夜都睡得不太好，除了在梦中忐忑那个不知道会是谁的"情敌"，还梦见宋言知站在悬崖边，她想要上前将他拉回来，可一瞬间，两个人的中间突然裂开了一道巨大的裂缝，幽深无比。

她只能眼睁睁看着宋言知从悬崖前端坠下。

惊醒之后，李九歌还没发消息来，她直接打电话将睡梦中的李九歌吵醒。李九歌无法，只能赶紧求助自己的母亲大人。

微博平静了几日，一条热搜一下子爆了。

——裴瑾念、宁世尘录制节目时不慎摔下山坡。

微博的工作人员又开始忙碌了起来，裴瑾念的粉丝紧张得不得了，杀气腾腾地跑到节目组的官方微博下质问。骆怀希出面解释，他们在山中录制节目，中场休息的时候裴瑾念出去透风，因为前几日下了雨，土地湿滑，裴瑾念可能不慎摔下山坡。

裴瑾念的助理当时闹肚子因而没有跟上去，没有人亲眼看见，至于宁世尘，前来搜救的警察根据勘测现场留下的痕迹推测，可能是救人时跟着摔下去了，那些原本还觉得宁世尘占自家偶像便宜的粉丝纷纷在宁世尘的微博下评论锦旗，祈祷宁世尘和自家偶像都要平平安安地回来。

更有人预测，也许过不了多久，之前那条热搜真的就要变成现实了。

天空中飘落着雨点，搜救队的人紧张地在山林间搜寻。

此刻，山坡下，裴瑾念趴在宁世尘的背上，两人身上沾了许多泥水，裴瑾念的左脚被勾破了一道口子，渗出血迹，她咬了咬牙，嘴唇发白，宁世尘背着她尽量顺着平坦的山路前行。

"裴老师，猩猩最讨厌什么线？"宁世尘声音仿佛带着笑。

裴瑾念心头一怔，什么时候了他还有闲心说这种话，她皱眉道："我不想听。"

宁世尘喃喃道："我的手机刚才摔下来的时候掉了，裴老师你的手机进水也开不了机，没办法联系人。适当的聊天可以让人放松，我

要是不说些什么，我怕有人会害怕。"

裴瑾念轻哼了声，神情微不可见地变了变，冷声道："谁会害怕？"

宁世尘的脚步一顿，头顶上的树叶滴下水滴，他嘴角弯了弯，认真道："我会。所以，裴老师能陪我聊聊天吗？"

无人应答，等了一会儿，宁世尘微微抬眼，说："猩猩最讨厌平行线，因为平行线没有相交（香蕉）。好不好玩，那我再问一个，小白加小白等于什么？"

裴瑾念抿唇，声音淡漠，好像还带着几分不屑："小白兔。"

宁世尘心头并不平静，竟然自顾自地笑了起来。

他看着草木繁茂的寂静山林，之前积在胸口的郁气都散开来，小白兔，他从来没觉得这三个字竟然这么有趣。

"裴老师很擅长脑筋急转弯？"

"聪明人什么不擅长？"

裴瑾念仍旧是那样的语气，嚣张冷冽，可他竟然觉得有些亲切。自从那天离开餐厅之后，裴瑾念就一直不理他，录制节目时也同以前大不一样，见到他就像是见到仇人一样。这次录节目中途休息，他想借着这个机会询问清楚，才跟了上去，正好救下了裴瑾念。

宁世尘背着裴瑾念，一路说脑筋急转弯和笑话，林间人声回响，直到半夜，他们才顺着山道找到了一处僻静的小院。

小院里亮着灯，里边的夫妻俩见到两人受伤了，忙将两人请到屋子里。

女主人拿着绷带和碘酒给裴瑾念清理伤口，裴瑾念疼得直抽气。

宁世尘借用男主人的手机给节目组报了平安，并让对方告知搜救队返回。时间太晚，这儿的路又不好走，他们拒绝了节目组过来接他们的提议，选择明天一早自己回去。

　　夫妻俩忙完就去睡了，裴瑾念躺在屋内，她翻来覆去地睡不着，索性一瘸一拐地出门挪到院子里，坐在一张竹椅上。

　　房门轻悄悄地打开又带上，她看过去，是宁世尘。

　　裴瑾念这才看见他的手臂也受伤了，伤口处用绷带包扎着，她心里越发不平静。刚才，他竟然带着伤背着她，可他什么都没说。

　　裴瑾念忍不住想，如果宁世尘不是那个小男孩该多好，这话听起来有些不清不楚，可只有她自己知道此刻内心的纠结。

　　她看向宁世尘，在心里吐槽，这个人怎么越长越正了，全情做个讨厌鬼难道不好吗？

　　宁世尘自然不知道裴瑾念此刻在纠结什么，他换上了男主人的衣服，有些不合身，却也难掩他英俊的面容。

　　裴瑾念暗啐了声，揉了揉眼睛，心道自己是不是瞎了眼，哪里英俊了，她怎么会有这种奇怪的想法，明明这人还是那样面目可憎。

　　宁世尘瞧见了她闪烁的目光，略带笑意，声音温柔道："裴老师。"

　　裴瑾念不耐烦地道："说。"

　　"今晚月色好美。"他这般认真道。

　　裴瑾念抬头，夜幕透过一丝光亮，皎皎明月从云上露出半个角，她刚准备回答，旋即想起这句话好像别有深意。

　　她微敛目光，脸颊上浮现了莹莹红云，她很自然地敲了敲竹椅扶手，地上的小水洼跳进了一只小虫，荡起一点波纹。

宁世尘的表情温和而平静。

今晚月色好美，风也温柔，人也温柔。

上午九点半，温舒回完消息，拿起包出门。

阳光明媚，她站在公交站台边等车，心头闪过一丝忐忑。

一枚硬币不知从谁的口袋里掉落，她看着滚动的硬币，心道如果是花面就鼓起勇气，坚持这个决定，不能再犹犹豫豫。

硬币落地，停止滚动，是数字面。

温舒收回目光，默默地忘记自己刚才拿硬币做的选择。

323公交车到站，一群人围了过来，她被挤上了车，只能找个位置站着。

忽然，温舒透过车窗看见有个人正好经过，那个人背着个卡其色书包，穿着浅灰色卫衣，戴着耳机，露出小半张侧脸。

温舒眨了眨眼，总觉得对方有些熟悉，可是一时之间又不记得到底在哪里见过。

公交车启动，她急忙走到窗边向后看去，微风拂面，那人摘下一边耳机，她正好看见了他清隽秀气的正脸。

她想起这个人是谁了，戴上口罩，遮住半张脸，不正是玲珑医院的那个兽医吗？然而很快，就看不见那人的身影了。

她有些遗憾，不知为何，她总觉得这人好像与自己最近发生的神秘事件有关。

到了宋言知家，曲江星揉着惺忪睡眼，开门："温舒，你怎么这么早就来了，有早餐吃吗？"

温舒来不及解释，直接进屋。

宋言知正在阳台上拿着洒水壶给盆栽浇水，她吸了吸鼻子，快步走过去："宋师兄，陪我去个地方。"

宋言知抬起眼眸，眼中带着微光，放下洒水壶，走了过来，从她身旁擦肩而过。

温舒暗骂自己傻了吧唧的，连话都说不清楚了，一句话没头没尾的。

宋言知已经换上鞋子，神情淡然，看着她，说："走吧，去哪儿？"

温舒愣了愣，旋即反应了过来，匆忙跟上去，她脸上的线条变得柔和无比，轻笑着，不可言明的开心在心底一点点地蔓延，然而想到自己要做的事，却仍旧有些惴惴不安。

曲江星拿着牙刷，嘴角带着泡沫从洗手间伸出半边身子来，含混不清地吼道："我也要去，你们别想抛下我。"

温舒做了个鬼脸，笑着招了招手："好好看家。"

说完，她转过身，和宋言知目光相交，赶忙将表情收好。

宋言知心情似乎很好，好像在笑，推开门，脚步都比平日轻快了几分。

温舒和宋言知坐上高铁，去了隔壁的天水市，一个小时后，两人便到了。

下了高铁，温舒打上车，同司机师傅报了美成酒店的地址。

天水市距离江门虽然不远，天气却大不相同，雾霭沉沉，阴云密布，无端有些压抑。

路上，宋言知没有问温舒到底是去哪儿，他安静地坐在旁边，浅淡的呼吸声几不可闻，温舒看了眼时间，默数了一下，应当来得及。

然而前面的路上好像出了车祸，整条街道都拥堵不堪，这儿又不好掉头，只能跟着前面的车慢慢动。

"不好意思，前面出了车祸。"师傅歉然道。

温舒有些焦急，才等了一会儿，明明不是很久，可是她心头如同正被万千只蚂蚁攀爬。

温舒扫了贴在后座的付款码，跟司机道了声对不住，付完款便拉着宋言知下车了。

他们穿过车流往前走，温舒牵着宋言知的手，紧紧地，如同一阵风，在行人惊诧的目光中，循着找好的路线奔跑。

宋言知任由温舒拉着他的手向前跑，他不问因由，双眸温柔而沉静地盯着眼前的姑娘。

他感受着手掌上的触感，与她此刻的紧张。

美成酒店。

门口挂着几幅大海报，有工作人员正在搬运箱子，温舒看着那些海报，有些沮丧，画展已经结束了吗？

终究还是错过了？

穿着西装的青年男子从酒店门口走出来，他看了眼时间，催促工作人员快一些。

温舒听见他们的对话，快步走过去，说："你好，我想请问一下'无声'画展已经结束了吗？"

男子看了眼她和不远处正在观看海报的宋言知，目光微诧："小姐，你好，画展因为一些原因推迟了，十分钟后才开展。"

温舒长长地舒了口气，眼底涌现光亮，她想要将这个好消息告诉宋言知，却发现宋言知正站在海报前一动不动，她心底"咯噔"一声，走过去准备道歉："宋师兄，我……"

"我知道了。"宋言知的声音清清淡淡的，听不出悲喜。

完蛋了，温舒心里七上八下，这还是宋言知第一次用这种语气和她说话。

她定了定神，小声说："对不起，宋师兄，不过，既然来都来了，不如一起进去看看怎么样？"

知名画家连芍的画展，主题是"无声"。

连芍成名多年，一画难求，产量不高，但每一幅都是精品。不过她举办画展的次数远远超过其他画家，几乎可以说是不停地在全世界行走。而这么多年来，连芍将大部分画展收入都捐给了不同的公益基金会，只留下了一小半用以画展的筹办，所以在艺术界，她的名声很不错。

温舒从李九歌那儿得到了画展的消息，才知道宋言知竟然是大画家连芍的小儿子，而那个陶瓷娃娃，就是连芍送给宋师兄的。

得知"无声"画展举办消息的时候已经很晚了，而连芍的行程排得很满，错过了这一次，接下来她就要去欧洲大约半年，因此温舒赶紧带宋言知赶了过来。

她想让宋言知同他母亲见上一面，解铃还须系铃人。

遇到问题，就正视它，解决它。

温舒一直觉得宋言知虽然是一个很优秀的人，可总是被灰雾笼罩着，缩在壳子里。

她无法感同身受地理解这么多年来宋言知和母亲的关系，可她知道，哪怕宋言知生气，哪怕他不再理会自己，她还是应该这样做。

宋言知不应该永远被过去束缚，更不应该永远孤独。

她会心疼。

宋言知犹疑了一会儿，还是进了酒店。

画展就在一楼，刚才那名西装青年就是这次画展的策展人赵城戈。

陆陆续续来了很多看画展的人，工作人员在门口检票、发放纪念品。

不知道是不是为了迎合画展的主题，画展的工作人员都戴上了黑色口罩。没有人指引和介绍，那些前来看展的人也都默契地不说话，大厅里静悄悄的。

赵城戈逆着人群快步走到画展尽头，找到了这些画的主人，连芍。

宋言知从第一幅画慢慢朝里看去，温舒站在三米开外，让他独自欣赏。她看着这些画，有一幅画是摩天轮上，有朵好像棕熊的云，还有一幅画是碧蓝天空上，两架模型飞机相撞。

从第一幅画往下看，这些画的内容仿佛都有联系，不过若是看得多了，又觉得这些画慢慢变得不一样。

她一边看宋言知，一边分心看画，慢慢地，两人走到了画展的中段。

一些人簇拥着连苟走来，宋言知看完了一幅画，将目光挪了过去。

连苟微微一怔，有些局促，她扯了扯嘴角，不知是应该笑还是不笑。

西装青年将参展群众引走，只留下连苟和宋言知相对而立。

连苟的眼神有些飘忽，时光在她身上留下了清晰的痕迹，青丝换成了白发，眼角的细纹同样遮挡不住。

宋言知在长大，连苟在变老，时光是如此公平与冷漠，在他们两人之间画上一条清晰的鸿沟。

恍恍惚惚间，连苟看见了一个小男孩，小男孩哭着央求她别走，哭得撕心裂肺，她心头不忍，紧紧地抱住了小男孩，最后在小男孩哭累了睡着之后，轻轻推开门，带着行李匆匆赶往机场。

画展灯光氤氲，柔和地落下来，犹如好多年前她离开时的朝霞。

连苟不知道宋言知会来，她努力让自己保持平静，可是哪里又能够平静下来。

"我没想来。"宋言知先开口。

"嗯，"连苟猜得到，"那你这次来是？"

宋言知扭头，示意那个正在专心看画，时不时偷瞄这里的女生："陪她来。"

连芍微惊，她虽然不常在国内，可大女儿经常会打电话告诉她宋言知的消息，事无巨细，她自然知道以宋言知的性子，交女朋友是多么艰难的事。

惊讶过后，连芍心中生出说不出的欢喜。纵然她潇洒一生也不能免俗，会不由自主地为子女的幸福而感到欢欣，更何况对于宋言知，她实在亏欠良多。

"什么时候走？"连芍喜不自胜，出声询问宋言知。

宋言知看了她一眼，连芍有些懊恼，自己的行程是在网上公开的，她才是那个很快就要离开的人，又有什么资格问出这个问题。

"中午一起吃个饭怎么样？我……我想多看看你。"连芍小心地道。

"不用了，你忙你的吧。"宋言知言辞冷淡。

连芍在心底轻叹了声，忽然想到了什么，走到温舒面前，问："你喜欢这幅画？"

温舒怔了怔，摇摇头又点头："我看不太懂，不过这幅画让人觉得很舒服。"

温舒回答完，小心翼翼地看了宋言知一眼，不知道宋言知和阿姨聊得怎么样了。

这幅画上，落日残阳下，稻田成片，谷堆四散，好几个小孩围着谷堆玩闹，在他们身旁，一条大黄狗对着两只跑过来吃稻谷的大公鸡狂吠。

连芍让人将这幅画装起来送给温舒，温舒瞪大眼睛，她断然不敢收这么重的礼物，连连摆手拒绝。

连芍温声道："如果你不收，我会不安。"

温舒无奈地接受，她的确很喜欢这幅画，只能等有机会再让宋言知还回去了。

连芍顺势邀请温舒和宋言知共进午餐，温舒想着这也是个好机会，便答应了下来。

旋即又觉得擅自替宋言知做决定实在不妥当，她看向宋言知，轻咳了声，目光带着一丝讨好："宋师兄，都忘了问你中午要不要一起吃饭。"

宋言知脸上平静而自然，没有丝毫犹豫，道："可以。"

温舒自然是高兴的，连芍的眼睛里也带着笑意，她没想错方法，找这个小女生助攻显然是最明智的选择。

她因为宋言知的前后不一而忍俊不禁，可真像他啊，曾经宋言知的父亲和她在一起时，也是这个样子，一样的口不择言、慌乱无措。

画展结束前，连芍找到赵城戈，赵城戈早就贴心地帮忙改签了机票，连餐厅都订好了。

赵城戈总是这样，事事都为对方想得周到万全，连芍感激不已。

餐厅不远，一路上，宋言知如同背景板一样，只静静听着连芍和温舒一问一答，并不言语。

连芍阅历深厚，上了年纪却还是保持着一颗八卦的心，对于这个让小儿子服服帖帖的女生，她很好奇。

毕竟，宋晓最近可没有在电话里提到宋言知身边有这样一个女孩儿，那他们是什么时候在一起的？

连芍对温舒很满意，觉得她是个温柔、很为他人着想的女孩子。

到了餐厅，服务员送来菜单和大麦茶，连芍将菜单递给温舒："小舒，你来点吧。"

温舒连忙拒绝，下意识地看了宋言知一眼，连芍忍不住笑了声："小舒，点些自己喜欢的就好，现在的小女生谈恋爱都这样拘束的吗？"

察觉到了连芍话里的戏谑之意，温舒刚入口的大麦茶差点儿喷出来，她弱弱地道："您误会了，我和宋师兄没有恋爱。"

连芍"噢"了声，点点头："咦，原来还不是，看来有人需要努力。"

温舒瞬间想要撞墙，今天到底是个什么日子，从刚才到现在她好像一直在否认与拒绝，比过去一个月都更多。

宋言知没什么反应，只是眼神微微起了变化，像是雪夜中气旋中心的那片雪花，倏忽间化成了一道寒气。

连芍乐不可支，默默观察着这两人的一举一动。

温舒问了声有没有忌口的，随后点了几个评价不错的菜。很快，菜上来了，温舒默默地把自己伪装成背景板，可连芍不打算给她这个机会。

连芍问："小舒，你有没有喜欢的东西？"

温舒吸了口气，极为小心地瞥了眼宋言知。她这生怕自己说错话的模样，让连芍都不忍心再逗她了。

吃完饭，连芍询问他们是否订了酒店，如果没有，不妨让她来安排。

她虽然问的是温舒,但温舒都点头了,宋言知自然也会答应留下来,她心满意足,便是这雾霭重重的天气也觉得天光分外灿烂。

　　不一会儿,酒店便到了,连芍不是不知好歹的人,她没再打扰两个小年轻的独处时光,编了个理由独自回了房间。

　　连芍看得出来宋言知的心思,自然也会为他们制造机会。

　　在宋言知的小半生中,她甚少陪伴,也许在未来也会是如此。那么至少,有一个好的另一半陪着他走到破尽天光、暮雪白头。

　　弥补她曾经想给而给不了的,全情的关心和爱。

　　连芍躺在床上,精神疲惫,沉沉地进入梦乡。

　　在梦里,一个小男孩正在和一只大黄狗玩耍,欢笑声染红了整片稻田,远处青山环绕,是最好的时节与最好的人。

第十章

山海夜色

天空灰蒙蒙的，路边绿树被风吹过，发出"沙沙"的声音。温舒酝酿了好久才挤出一句："宋师兄，你现在怎么样？"

她早就做好了被骂的准备，擅自带宋言知来到这儿，并且掺和进他与他母亲的关系中，就算两人认识，可设身处地地想，如果有人这样做，自己也会生气。

宋言知轻声答："不用担心我。"

温舒眨眨眼："宋师兄，你有没有听说过一句话，叫作解铃还须系铃人。"

宋言知默然站着，认真倾听。她认真地看着宋言知："我不知道该怎么说，可是宋师兄，你心中的铃解开了吗？如果没有的话，能不能给自己一个机会。我能看出来，阿姨心里是特别关心你的。宋师兄，我会不会太多话了？那我现在开始不说话了，你好好考虑。"

她胡言乱语了一通，焦急又关切。

宋言知不是不懂这些道理，可很多时候，心无挂碍不是那么轻松就可以说出口的。

他学术能力优秀，跟着前辈见识过好些难言的案例，可面对自己，他依旧免不了踌躇，更不像表面上的那般平静。

宋言知沉默了一下，坐在花坛旁，看着温舒说："温舒，陪我说说话。"

这是第一次，宋言知这般认真地看着她，认真地叫着她的名字。

她心底生出一丝心疼，笑着问："宋师兄，你喜欢听笑话吗？我给你讲个笑话吧。从前有个人从海里钓上来一条鱿鱼，鱿鱼可怜兮兮地求他放过自己，那个人很有同情心，说：'让我来考你几个问题，回答上来就不吃你。'鱿鱼很开心，说：'你考吧！你考吧！'接着这个人就把鱿鱼烤了。"

宋言知安静听着。

察觉到宋言知精神有所放松，她绞尽脑汁，又挤出几个笑话："小明换了新发型，结果被同学嘲笑像风筝，小明觉得很委屈，于是他一边哭一边跑，忽然间就飞起来了。"

她自己都忍不住笑了出来，宋言知的表情却没有变化。

她不由得问："宋师兄，是不是我的笑话不好笑？"

宋言知摇头："不是，很好笑。"

温舒挑眉："可是你都不笑。"

宋言知看着温舒的眉眼，轻声道："我在笑。"

他声音淡淡的，听得出来是带着一点笑意的。

温舒这才松了口气，又道："那就好，我还以为是我说的笑话太无聊了。轻晨总说我说笑话时像个魔鬼，都冷到北极去了。我才不信，我高中时差点就去学艺术了，以我的能力，说不定现在都拿下几个电影节的奖项了。"

不知道从什么时候开始，她在宋言知面前越来越放松了。

温舒兴奋着："不过现在学心理学也不错。"

不然又怎么能够遇见宋言知呢？她在心里偷偷想。

"唯独有一点不好，家里的叔叔阿姨总找我，这个表弟最近成绩下降，那个堂妹好像早恋了，让我帮忙开导开导。闹得弟弟妹妹见着我都害怕，以前我可是他们最喜欢的姐姐。"

宋言知任由她插科打诨逗自己开心，害怕温舒口渴，还去旁边的小超市里买一瓶功能饮料给她。

晚饭，宋言知和温舒是在路边一个小摊位解决的。

老板熟稔地捏着面皮包住一丁点的肉末，随意放在盘子里，约莫二三十个，将将一小手心，趁着水开往锅里一扔，用笊篱搅上一分钟便将其盛出来，放在搪瓷碗里。

碗底放了一勺猪油、一点生抽和醋，还有两勺自制咸菜，再倒一些锅内的开水进去，顿时香气扑鼻。

这不是馄饨，而是天水市特有的"清汤"，皮薄馅少，舀一勺入口，又香又滑。

两人坐在路边，有小野猫经过，围在摊位老板那儿不走，老板一脸宠溺地笑着，从小摊底下掏出准备好的罐头和火腿肠，小野猫"喵呜喵呜"地叫了两声。

温舒不由得想到了不语，说："也不知道曲江星有没有照顾好不语。"

　　自从和不语有了特殊的联系之后，温舒对这只小白猫也更加关心了，即使隔着很远的距离，心里也时不时想起它。

　　宋言知眸光中带着淡淡的笑意，温舒问，他便耐心地答，温舒说起其他有趣的事，他便做一个耐心的倾听者，安静地享受美食。

　　他耳中回荡着温舒的话，淡定的、有趣的、肆意的……心也渐渐平静下来。

　　回到酒店后，温舒不放心宋言知现在的状态，担心他还在不安："宋师兄，你不要紧张，其实这件事很简单，什么都不要想，什么都不要顾虑，表达自己最真实的想法就好。实在不行，有我在！"

　　宋言知轻笑着。

　　温舒脸一红，她想了想，生出一点勇气，向前跨了小半步，轻轻抱了抱宋言知。

　　她趴在他的胸口，声音闷闷的，小声道："宋师兄，不要觉得有压力，你是最棒的。"

　　宋言知紧张的情绪早已平复，温舒脸皮薄，欲要挣脱出来。

　　宋言知心下一动，适时地叹了口气，仿佛放下了所有的心防，展现软弱，轻声道："我只是有些担心。"

　　他演得并不熟练，字里行间少了几分迷惘和忐忑。

　　可温舒哪里分辨得出来，拥抱宋言知这件事就已经让她不知东南西北。

　　温舒闻言，又抱了一会儿，一直到有人从旁边经过，她的脸皮委实不够再抵御那些眼光，才讪讪地松手。

宋言知敲响了连芍的房间门，门打开来，连芍有些惊喜，慌忙将人请进来："你坐会儿，我去给你倒杯水，还是你要喝咖啡或者茶？不行，现在有点晚了，那我就给你倒杯热水怎么样？你吃晚餐了吗，我现在打电话给前台让他们送餐，或者是水果？"

宋言知眸色幽深，他深谙心理学，自然知道这是人在面对重要之人时产生的紧张反应，心里莫名柔软了几分。

宋言知环视四周，瞥见桌上放置着的一摞书，最上面的那本是《知知记》。

封皮是白色和黑色的，宋言知很熟悉，这是他的书。他今年最新出的一本书，上个月刚上市。

连芍拿着水杯，顺着他的视线看去："这几年睡眠质量不好，小歌说睡前看书有助于睡眠。"于是每次办展出差时，她就把宋言知的书带上。

宋言知轻声答："这是悬疑惊悚类的书。"剧情硬朗，风格有些冷，要是温舒看，应该要吓一跳。

连芍微微尴尬，以为他不相信，于是解释道："故事很好，就是逻辑有些难懂，想剧情的时候很容易睡着。"

宋言知点点头："那下次换一本。"

连芍不解："什么？"

"我的新书题材是言情，"宋言知想了想，有些认真，"应该比较甜，也比较适合你。"

连芍怔了怔，心里赞同了宋言知的想法，就算到了这个年纪，她依旧喜欢青春小甜饼。

不过，宋言知竟然改变了写作类型，一下从悬疑推理变成了甜蜜言情，着实让人难以相信。

她瞬间想到了缘由："是因为小舒？"

宋言知不答。但在连芍眼中这就是铁证了，对温舒的好感更是直线上升。

她眼底冒星星，鼓励道："小舒是个很好的女孩，你要加把劲。"

温舒在房间里担忧了很久，满脑子都是宋言知，然而身体忽然冒出了奇怪的感觉。

她还没反应过来，眼前暮地一黑，再清醒时出现在眼前的便是熟悉的食盆，盆里装着猫粮，曲江星大大咧咧地躺在沙发上，不过一天，屋子里满地狼藉，到处都是零食包装袋和外卖盒。

这是又到了不语身体里？可是明明才过了两天左右。

这次为何会提前？

几分钟之后，宋言知下楼，听见有人在议论七楼电梯口有个奇怪的女孩抱着一个盆栽，像是脑子出了什么问题。他停下脚步，准备过去看一眼。

七楼电梯处围着好几个人，似乎在与那个奇怪的女孩沟通，可她并没有觉得安心，反倒更加害怕，紧紧地抱着盆栽。

"要不我们还是报警吧，这人好像精神有点问题。"

"小姐，你是不是遇到了什么困难？有事可以和我们说，不用担心。"

温舒躁动不已，想要赶紧离开，人聚集过来，声音吵闹。她倏地冲到窗前，手中的盆栽落地，发出碎裂的声音，吓得围观的人慌张不已，纷纷劝慰她不要想不开。

哪怕酒店的窗户玻璃并不会这么容易被打破，这幅场景仍旧显得惊险。

温舒张皇失措的眼睛忽然亮了起来，她看到了宋言知。

宋言知一向沉稳淡定，这个时候看起来却有些急匆匆，额头上还布着汗。

他扫了一眼，拨开人群，温舒跌跌撞撞冲过来，直接跳到了宋言知的身上。

围观群众吓得够呛，大庭广众之下，这剧情的发展怎么有些看不懂，随后便各自离开了。

宋言知僵了僵，他喉咙发干，声音有些沙哑："温舒，你还好吗？"

温舒将宋言知抱得更紧，宋言知哑然，转眼间，温舒的目光变得清澈了起来，她终于能够控制自己的身体了。只不过这一刻，想到自己刚才的所作所为，温舒羞得脸红彤彤的，她索性装死，将头枕在宋言知的肩膀上。

电梯口人来人往，这么僵持下去着实有些尴尬，宋言知犹豫了一会儿，还是决定打破平静："温舒，你好了吗？"

　　温舒睁开左眼，斜斜地向上瞥了一眼，看见宋言知额头上的薄汗，暗道一声"糟了"，不敢再装睡，跳了下来。

　　一阵诡异的沉默后，温舒尴尬道："宋师兄，好巧，你怎么在这儿，我是不是梦游了？我妈说我从小就有梦游的毛病，还以为上大学后好点儿了，可没想到今天竟然又出了状况，应该没有吓着你吧？"

　　她有些忐忑，要是宋言知问起来该怎么回答，这种蹩脚又没谱的借口又有谁会信，自己瞎编也不找好一点的理由。

　　话音刚落，宋言知清朗的声音响起："没有，你好好休息。"

　　周围出奇安静，温舒松了口气，又有些失落，宋言知难道一点都不好奇吗？他如果好奇的话，也许自己会说出缘由，尽管那个神秘现象很难让人信服。

　　她"哦"了一声，两人并肩乘电梯上楼，回了房间。

　　温舒躺在床上，满脑子都是宋言知温热的气息，就好像白日灼阳，又如同春风中的种子，随风落到了田野间，于是开出了连绵的花海，芬芳烂漫。

　　宋言知亦是如此。

　　连芍第二天便要离开了，宋言知和温舒在酒店大厅的休息区等候。

　　连芍围着淡金色的丝巾，精神奕奕，她昨夜睡得很好，度过了这么多年来久违的安稳与自在的一晚。

　　道别对于连芍来说很寻常，与城市，与故人，与时光，数不清过往到底经历过多少次。她以为自己早已习惯，尤其是弥补了遗憾之后，可没想到反倒忧愁更深，并且开始考虑要不要将退休提上日程。

宋言知在连芍身边低声说了一句话，接着连芍眉开眼笑地和赵城戈离开了。

温舒佩服地看了宋言知一眼，更加崇拜，还有什么是他不会的呢？

浩瀚无垠的天空，白云零落，在一架飞往欧洲的飞机上，连芍摘下眼罩，眺望窗外。

心结终于被打开，此刻她见着下方的山海，也觉得带着鲜活气息，让人欣喜不已。

很多年前的那天，将宋言知留在家里，她在宋先生常带她去的公园待了好久，泪眼蒙眬。她并非不疼宋言知，可看着他的脸，心里就越发犹豫，她担心因此无法再坚持自己的梦想，无法完成宋先生与她的梦想。

于是，她只能咬牙，狠心离去，哪怕知道小儿子从此可能会怨恨她，但她也是真的很喜欢宋先生啊，更加不可能放弃宋先生遗留下来的梦想。

她奔波于世界各地开办画展，忙于公益，也正是因为这样，连芍才真正觉得，宋先生从未离去。

天光划过舒展的白云，连芍在心里默默说："宋先生，我是如此地喜欢你，你呢，是不是早就忘记我了？"

裴瑾念握着鼠标，迟迟没有打开电脑，还是闹钟响起她才发现再不写更新就迟了。

读者群早就炸了，群里好几个人正刷着表情包，没一会儿群里的信息就满满当当。

青青守护者：太太可是江寒网的勤更保持者，最近怎么一连好几次晚更或断更？

今天开始不熬夜：我觉得肯定是恋爱了，唉，神仙太太原来也是普通人，终究要嫁人，辛酸流泪！

今天开始不熬夜：青青前几天断更还上了热搜，虽然排位靠后，但是我还记得挺清楚的，那天的热搜第一好像是哪个明星遇险来着。

小甜甜：裴瑾念啊！我最喜欢的一个艺人了，颜值真的是无敌！不过话说回来，念念好像也恋爱了（我站宁裴），不知道为什么，本"福尔摩斯甜"总觉得这两件事有点猫腻。

裴瑾念打开读者群就看见了小甜甜的话，心里一紧，神情变得有些不自然，不自觉地喝了大半杯水。

小甜甜：当然是因为青青也是裴瑾念的粉丝！那两天肯定在家祈祷早点找到裴瑾念！（推眼镜）我可真是聪明的可人儿。

裴瑾念松了口气，心虚地在群里回了一句她不是裴瑾念的粉丝，从来都不认识这个人。

一向很少出没的神仙太太忽然出现，顿时炸出了不少潜水党，只有叫作"小甜甜"的读者觉得青青今天有些不对劲，有种掩耳盗铃的感觉。

裴瑾念默默地将话题带偏，免得被人联想到她的身份，万一哪天突然被发现……

　　她无法想象读者和粉丝知道真相的模样，就像，她也不知道宁世尘发现自己就是他口中那个凶巴巴女生的时候会怎么样。

　　在群内闲聊了一会儿，她心烦意乱地打开文档，毫无半点精气神地敲击着键盘。过了几分钟，她看着电脑屏幕，脸颊发烫。

　　——天外仙境被魔道巨擘围堵，让其交出神器，长老和弟子们使出阵法，宁死不从。仙境外，黑云连绵，宁世尘坐在一张血色王座上，气息如渊，漠然无情，一旁背着墨绿色葫芦的少年侍者问："教主，教主夫人已经去下界三年了，还不带她回来吗？"

　　——宁世尘回："肯认错了吗？"

　　——侍者沉默了一会儿，道："教主夫人在下界成立了万界商会，收拢各界资源，身边聚集了无数的仙门魔道俊彦，修为已经比您还高了。"

　　她看着自己刚才写的那些话莫名羞耻，竟然错将冷艳无双的魔教教主写成了宁世尘，那教主夫人呢，她又代入了谁？

　　她知道今晚肯定写不完了，索性躺在地毯上，看了眼手机，有些失落，并没有人找她。

　　讨厌的人果然依旧讨厌，该出现的时候不出现，不该出现的时候永远在。

　　她写过许多书，却依旧处理不好感情的事。

　　没有亲身经历，永远无法得知自己会如何考量。

　　她总觉得有些郁闷，可想来想去却又不知道自己到底为什么郁闷，脑子越来越乱。

她发了条微博，没过几秒又删除了。

宁世尘死里逃生，还救下了裴瑾念，网友们得知后纷纷点赞。

原本活跃在微博中，认为他总是蹭裴瑾念人气的黑粉也少了不少。

最为让人惊讶的是，曾经惊鸿一现的CP粉（情侣粉）忽然摇旗呐喊，不少粉丝声称自己已经有预感，估计用不了多久就可以看见"宁裴一家亲"的和谐场面。

粉丝如何做宁世尘管不着，他拿着手机，有种不知所措的感觉。

他盯着拨号键看了许久，迟迟拨不出那个电话。

宁世尘在心里给自己找了个借口，适当地保持距离可以让他们的关系亲近一些，更何况对方之前好像很厌烦自己，那么不如趁着这个机会缓一缓。

尽管他决定这样做，却依旧不由自主地好奇，裴老师现在在做什么呢？是否在想他？

凉风吹过，温舒和宋言知在高铁站分开。

下午，宋言知在家，围着围裙切水果，曲江星正在打游戏，宁世尘瘫在沙发上看爱情片，里面的女主和男主正陷入冷战，剧情有些无聊，他却看得很认真。

有人敲门，曲江星没空分神，说："宁哥，你去开门。"

宁世尘眼神氤氲，冲厨房里的宋言知喊："宋言知，你去开门。"

宋言知用水果刀敲了敲案板，曲江星不由自主地打了个冷战，哪里还顾得上敌方飞艇快要炸了自己的基地，赶紧起身去开门。

见到是温舒，曲江星有些诧异说："小舒，你忘带钥匙了？"

宋言知切水果的动作停下来，安静地等着。温舒探头，见宋言知在厨房里忙碌，忽然改口，点了点头，然后趁人不注意将手上的东西放下。

瘫在沙发上的宁世尘接了个电话，忽然跳了起来："可以不用准备我那一份，我有约了。"

他眉飞色舞的，丝毫看不出刚才的颓废模样，上楼洗漱换衣一气呵成，下楼时还哼着小调，心情看起来很不错。

曲江星缠着宋言知和温舒逛商场、看电影。他们俩平时总冷落他，这次难得有机会。

他们先逛了逛商场里的服装店和智能家居店，又在地下一层打了一个小时的电玩，最后才去电影院。

曲江星拍板选了一部科幻片，还有十几分钟才开场，他去买了爆米花和饮料，随后说自己去一下洗手间。

电影快要开场了，可曲江星迟迟没有出现，等了一会儿，宋言知收到了他的信息。

曲江星此刻已经在宋言知家中开开心心地打游戏了，他才懒得一直当电灯泡。

宋言知淡淡道了声曲江星不来了，温舒脸有些红，轻轻应了声。

两人顺着人流进场，坐到选好的位置上。这是在后排的情侣座，温舒坐在靠墙那边，她有些紧张，身体尽量贴着扶手，因此两人中间隔着好些距离。

电影开始，有人刚到，就坐在他们旁边，是一对小情侣，男生搂着女生，亲密无间。原本还觉得这个座位很不错的宋言知忽然觉得不太对劲，他轻飘飘地看了眼他和温舒中间空出来的位置，都快坐得下第三个人了，他有些不开心。

宋言知问："你那个位置看得见吗？"

温舒以为是宋言知看不见电影荧幕，主动和他换了位置。然而两人调换之后，温舒依旧靠着另一侧的扶手，身材小小个，像是不存在似的。

放映室有四五排情侣座，独独这一个座位奇怪无比，他们浑然不像是情侣，倒像是陌生人。

电影放到一半，前后座传来窃窃私语，电影中的反派博士操控着一切，主角陷入危机当中。

温舒对科幻片不太感冒，分神回了条消息，宋言知轻轻"哼"了一声，温舒以为宋言知不喜欢看电影时分心，匆忙放下手机。

她偷偷看着认真看电影的宋言知，侧脸线条完美无缺，心头痒痒的，想要靠近，却又担心宋言知不喜欢，只能一直按捺着性子保持距离。

忽然，宋言知向中间挪了一些，她心怦怦直跳，又往边上缩了缩，谁知道宋言知好似未觉，又挪了挪，很快，她就到了一个避无可避的境地，两人手臂贴着手臂，可以清晰地感知到对方的存在。

明明他们已经亲密接触过很多次，关系也颇为亲密，九十九个爱心拥抱的项目也进展不错。可温舒总觉得自己不应该太过靠近宋言知，像是在亵渎什么。

温舒："宋师兄。"

宋言知："嗯？"

温舒想了想，又回答："没事了。"

像宋言知那样光风霁月的人物，怎么会和她一样想这么多，还真是庸人自扰。

电影中，浩瀚渺渺的星河间漂浮着几艘幸存者的飞船，他们离开自己的母星踏上流浪的旅途，辗转无数光年。

温舒逐渐坦然，宋言知不清楚她此刻的心理变化，因为他已经顾不上想了。

他表面上认真观看电影，而实际上，他的心脏好像男主角手中时灵时不灵的道具一样，一下雷霆轰隆，一下沉寂无声。

宋言知悄悄捂住了心脏，他黝黑隐忍的眼眸好像在说，别乱动了。

回家的路没有电影中那么漫长，曲江星也许是躲回了房间，楼下客厅的灯都没开。

宋言知打开灯，温舒找到之前放起来的东西，送给宋言知。

宋言知问："这是什么？"

温舒咳了一声:"宋师兄,你打开看看。"

宋言知拆开盒子,盒子里铺着碎字条,字条中间躺着一个完好的陶瓷娃娃,是宋言知珍藏了很多年但是被打碎的那个。

温舒道:"宋师兄,轻晨她们找了好久才找到一家店说可以修好,我就自作主张拿去修了,我已经检查过了,修得很不错。虽然我知道裂痕被修复也不能代表从没有出现过,可是阿姨一定希望你可以好好地,不要再把自己封闭起来。"

不要再拒绝别人的好意,不要再独自一个人。

温舒在很早很早之前,在他们真正意义上"第一次"见面的时候,就很想告诉宋言知,她轻轻启唇:"宋师兄,你要是觉得难过可以告诉我。"

我这一辈子都愿意倾听你的烦恼与苦闷。

明明是个很好的表白机会,可温舒眼眶红红的,其他话都说不出来了,她呆呆地看着宋言知,就好像他脸上长着花一样。

宋言知安静地听着温舒说的每一句话,哪怕那些话前后毫无逻辑。

看着温舒的脸庞,宋言知忽然将手放在了温舒的发间,揉了揉,轻轻摩挲着。

夜色如水,从屋外流淌进来,带着凉气。温舒微愣,宋言知手心的温度若有似无。

他将陶瓷娃娃送给温舒,温舒惊讶不已,她突然胆子大了些,小声而坚定地问："宋师兄，我能抱抱你吗？"

这种时候，宋言知应该也需要一个拥抱吧。

温舒给了自己一个堂而皇之的理由用以掩盖自己的私心。

宋言知靠近她，嗓音带着一丝沙哑，回答："好。"

两人不说话了，温舒忐忑地抱住宋言知，两人的脸颊和耳尖都有些红。她还没想好说点儿什么来缓解尴尬，一声口哨声蓦地响了起来。

温舒侧头，曲江星正一脸无辜地看着他们。

"虽然很不想打扰你们，可我也不是故意睡在沙发上的，是你们没发现，不能怪我。"曲江星说完便慌慌张张地上楼了。

温舒尴尬地说："那……宋师兄，我就先回去了，你好好休息。"

温舒落荒而逃，宋言知看着温舒离开的背影，无奈地笑了笑。

装陶瓷娃娃的盒子里还有一封信，是许轻晨她们留给宋言知的，特意叮嘱了不让温舒看。

——宋师兄，你可一定要好好照顾我们小舒，要是敢欺负她，信不信我们一起揍你！

这是故作凶恶的许轻晨。

——想知道小舒的兴趣爱好吗？金牌消息便宜大甩卖。既然你是师兄，那就给你打八折好了。

这是经商满分的赵竹青。

——以后的论文和课题，能不能开后门？

　　这是想要偷懒的学霸周君如。

　　宋言知将信放好，不过这些留言也给他提了个醒，谈恋爱的的确确不是一个人的事，哪怕是周围人的需求也应该兼顾。他是新手，过去不了解，现在记起来倒也不晚。

第十一章

我的初恋

Xiangyna Ta
Huaili Di Mao

想做
他怀里的猫

温舒昨夜被室友们缠到了深夜，她们一直询问她宋言知看到陶瓷娃娃和信之后的反应，可什么关键信息都没问出来。

就连许轻晨也觉得她和宋言知的进展实在太慢了！

现在的年轻男女谈恋爱都已经这么佛系了吗？

现在的小情侣难道不是恨不得时时刻刻在一起，希望一天有四十八小时吗？

温舒今天起得很晚，醒来时宿舍只剩下了她一个人。温舒起床给招风倒了个罐头，可没想到一向喜欢吃罐头的招风竟然抵住了诱惑，一直盯着温舒。

温舒穿着单薄的睡衣，头发散乱，坐在地毯上抓住了招风的两只前爪："小招风，生病了吗？怎么连罐头都不吃？"

招风看着温舒，神情好像有些可怜，看得温舒心疼不已，一把抱住了它："是不是太无聊了？要不，我带你去宋师兄家？也不知道他现在在做什么，有没有想我。"

一向乖巧的招风有些奇怪，挣扎着想要从温舒的怀中逃脱，可它越想逃走，温舒越不放手。

招风偏着头，好像有些无奈，一点点地远离温舒，小声呜咽着，它的反应着实令人费解。

宿舍空落落的，平日招风早就闹着要出门散步了，然而它今天安稳地趴在地上。它眼眸闪过一丝挣扎，明明想要逃离温舒的"魔掌"，却又由衷地享受被挠痒痒的感觉。

宋言知的代课时光就要结束了，林老师的身体已经好得差不多，从下个月开始就可以到学校上课了。

所以这最后几周的专业课场场爆满，阶梯教室是能够容纳小两百人，可最后还是有好些人只能站在门口，眼巴巴地看着里边抢到座位的同学露出胜利的笑容。

温舒坐在后排，前排的位置早就没了。关系好的同学难免替温舒着急，宋言知这么招人喜欢，以后天天挡桃花也会把她累得够呛。

周君如替温舒回答："不怕，小舒看着柔弱，可这种时候是绝对不会觉得累的。"

而且，温舒想着宋言知的性子，相比她，宋言知拒绝起人来可能更狠。

上课铃响了，宋言知从门口走进来，教室里顿时一片哗然，大部分女生都在窃窃私语，不知道是谁说了句宋言知最近好像更帅了，连眼神都亲切了许多。

温舒不是个爱炫耀的人，可这个时候也不由得有些得意，这些可都是她的功劳。

然而心里可以这般想，温舒却始终不敢迈出最后一步，胆小十足。

　　宋言知将书翻开，教室内的杂音渐渐变小，聚精会神地等着宋言知上课，然而宋言知的脸色忽然变得很难看，一句交代也没有就转身离开了教室。

　　教室里的众人都奇怪地看着这一幕，顿时吵闹了起来。

　　班长站出来组织纪律，让大家安静看书，宋言知可能有事，先等一等，大家这才安静下来。

　　周君如小声问温舒是怎么回事，偏偏温舒也说不出个所以然，只能在教室等着。

　　十分钟后，教室前边突然传来一声惊呼，有狗！

　　一只可可爱爱的小哈士奇跑了进来。

　　"好可爱的小狗啊！"

　　"小可爱过来，过来，这里有吃的。"

　　"嗯？等等，这不是招风吗，它怎么会跑出来？"

　　教室热闹了起来，同学们纷纷拿出手机拍照，还有人想要抓住招风，然而它很机敏，在桌子下穿来穿去，躲避众人的"魔掌"，一直跑到温舒的脚边，用前爪不停地扯着温舒的小腿，好像有些急。

　　温舒想要抱起招风安慰它，可招风躲过了她的手，焦急地在原地打转。

　　温舒只得跟着招风出去，走廊里有同学奇怪地打量着她们，一人一狗跑到空地上。招风停了下来，它用一只爪子在地上刨来刨去，一分钟过去了，招风伸出前足指着地上。

温舒愣了愣，看过去。

泥地上出现一个字——宋。

字迹有些别扭，为了让人认清，还特地写得大了一些，换个小学生也能认出这个字。

小招风竟然在地面上写了个"宋"字，震惊之余，温舒脑子里蹦出了一个念头，难不成眼前的招风其实是宋言知？

或者说，和她的意识进入到不语身体里一样，宋言知的意识也进入了招风的身体里？

她脑中思绪乱了大半，脸色煞白，结结巴巴地看着招风，试探地喊："宋师兄？"

眼前的"招风"点点头，证实了温舒的猜想。

事情终于串联了起来，温舒也知道事情紧急，来不及多想，急忙道："你现在鼻子灵，你快带我去找'你'。"

招风点点头，鼻子动了动，朝着一个方向跑去。温舒紧紧地跟在它的身后，好在此刻旁边没人，不然要是有谁看见温舒喊一只哈士奇师兄，指不定得吓晕过去。

温舒跟在招风身后，出了校门，又拐了好几个弯。

微风吹拂，树叶"沙沙"作响，温舒的心上却好像压着一块大石头一般。

招风加快速度，引着温舒到了街尾，他们终于在这里找到了宋言知。

彼时，宋言知蹲坐在地上，目光呆滞，用手指在地面上涂涂画画，恍若周围无人。

温舒看了眼招风，又看了眼宋言知。

她缓缓走近，同样蹲了下来，轻声喊了喊宋言知的名字，然而没有得到任何的回应。经过此处的路人频频打量，温舒无法带宋言知走，索性也蹲坐在这儿，陪着宋言知一起。

招风起先叫唤了两声，最后选择躺在温舒的脚边，等着恢复的那一刻。

不知过了多久，她的肩膀被人轻轻拍了一下，她抬头，就见宋言知脸上挂着清澈明朗的笑容。

对于这一刻的等待，对于温舒的默契回应，他眼神里泛滥着复杂而温柔的情绪，难以抑制地回道："久等了。"

温舒笑笑，像春风划过。

温舒和宋言知带着招风走在路上，各自简述了发生在自己身上的奇妙体验。

平静之后，温舒终于觉出不对。

宋言知也和她一样，每隔几日就会发生这般神奇的事。

那么到底是从什么时候开始的呢？

上个礼拜、上个月，还是在最开始她发现这件事的时候就已经如此了？

难怪这段时日招风总是会突然变得很奇怪，它的种种行为也终于有了解释。

温舒心里升起一种很不好的预感，自己在宿舍和轻晨她们讨论宋言知的那些话，其实他都听见了，还知道她们商量好了怎么接近他。

那天给招风穿宠物小裙子的时候宋言知在不在？还有自己在招风面前问宋言知想不想自己，有没有被别的女生搭讪的时候，宋言知都有可能在场！

老天爷干脆降下一道闪电将她劈死算了。

温舒偷偷看了身旁的宋言知一眼，一时羞愧难当，她以后还怎么和宋言知相处！

一桩桩、一件件的事情相加，着实让人震惊，温舒急急忙忙地道歉："宋师兄，要是之前不小心冒犯了你，你可千万不要生我的气。"

树影斑驳，行人或急或慢。

宋言知停下来，看着温舒，他知道他再不说点儿什么，温舒肯定要在心底后悔死了。

他会心疼。

宋言知道："小舒。"

"啊？"温舒愣了愣。

宋言知正色道："我很想你。"

温舒呆呆地站着，宋言知继续说："前几天早上，你问我有没有想你，是有的。还有上次北京交流会的时候，你问我有没有姑娘给我说笑话，我现在告诉你，没有，而且我也没有夸过别人。"

他声音很缓，很慢，正在一点点地扫除温舒心上的不安。

是啊，宋言知一直都在，他看得见。

"宋师兄。"温舒的心就像被什么东西撞了一下，总觉得眼前这一切都是在做梦。

可是周遭真实无比的环境却又在轻轻敲打着她，让她明白，这是真实的。

宋言知，她喜欢了许久的宋言知说想她。

温舒没反应过来。

宋言知目光清澈温柔，等待着她的回应："要是太仓促的话，你可以再想想，小舒，我不是在逼你。"

温舒眼睛亮亮的，像是小星星在闪，她连忙回答："不是，不用想。我怎么会拒绝？"

宋言知微笑，垂下眼眸。他慢慢靠近温舒，主动牵起了她的手，掌心相交，好像触了电一般酥酥麻麻的。

温舒低下头，害羞地沉默着，手心的温度暖暖的，她很想，很想永远铭记这一刻。

等到暮雪白头时，再温习一遍。

温舒不知道自己到底怎么回到教室的，也不知道自己怎样听完的课，而后如同傀偶一般跟着室友回了宿舍。

许轻晨还以为她是被招风吓傻了，轻轻拍了拍她的背，想要安慰她。

周君如放下书，仔细端详着她的眉眼，狐疑道："我怎么觉得她这反应像是中了彩票？"

赵竹青刚回来就听见了这话，也跟着凑了过来。

温舒坐在椅子上抱着玩偶，表情有些傻，呆呆愣愣的。

赵竹青眯着眼，点点头："这么一说，好像是有点像中了彩票之后吓傻了的感觉。"说完她还用手在温舒眼前晃了晃，佐证自己的猜想。

三人皱眉，将温舒唤回神，认真审问。

温舒总算敛起傻笑，突然掐了离她最近的周君如一下，听见耳边的痛呼，知道不是在梦里，温舒吸了口气，紧张道："宋师兄和我表白了。"

周君如下意识地"哦"一声，反应过来的瞬间震惊得要跳起来，三人重新确认了一遍，顿时七嘴八舌地讨论了起来。

学校后山的无数小鸟发出的声音有多大，此刻宿舍就有多闹，最后她们一致要求温舒详详细细地将这个过程解释清楚，再请她们去宋言知家撮一顿。

温舒无奈，只能打电话给宋言知，寻求宋言知的意见。

宋言知声音淡淡的，温声回道："可以，什么时候有空就通知我，有什么想吃的菜也可以提前告诉我。"

赵竹青点点头，小声道："你家宋师兄可比你大方多了。"

另外两人深以为然。

温舒咳了咳，噎了一下，手机中传来宋言知若有似无的笑声。

第一次去宋言知家做客，室友们兴奋了一上午，还提前去超市买了许多食材和零食拎过去。

到了宋言知家，是曲江星开的门。

曲江星一直是自来熟的性子，并且深知帮助宋言知哄好女友的闺密的责任重大，自然是花样百出，就差当场表演大变活人、生吞长刀博取众人一笑了。

温舒在厨房帮宋言知准备饭菜，宋言知虽然知道让温舒帮忙是在拖垮进度，仍旧将洗菜的重任交给了她。

今天李九歌休息，难得小舅舅家大聚会，这可是从来没有过的事，他还特地同宋晓和连芍禀告了一番。两位家长大感安慰，特地拨了笔款让李九歌多买些东西上门，帮小舅舅好好招待大家。

钱包头一次鼓鼓的，李九歌觉得此刻说话都比平日里多了三分底气。

想到聚会，也不知陆家辰现在在做什么，反正人多热闹，他打了个电话过去，陆家辰刚醒，声音有些沙哑，听见邀约后沉默了两秒便答应了下来。

天气不错，李九歌见时间还早便去接人，陆家辰穿着一套休闲服下楼，手上还提着一瓶酒，见着李九歌来了之后熟稔地打开车门，坐进副驾驶。

宋言知家很少如此热闹，李九歌和陆家辰到的时候，桌上已经摆了一大桌子菜了。

许轻晨他们见宋言知在厨房游刃有余地忙碌着，看温舒的眼神都多了几分嫌弃。

宋言知不仅仅长得好看、学习好，连做饭的水平也是一流的，这样看起来，自家温舒好像有点配不上宋言知。

温舒猜到了她们几人在想什么，狠狠瞪了她们一眼。

大家围着餐桌落座，李九歌偷偷看了一眼陆家辰，夹了只大虾给他："快尝尝我小舅舅做的虾，绝对米其林三星的水准。"

陆家辰剥完虾尝了一口，确实不错。

他对吃食其实不挑，不然就凭他的厨艺，一个人住早就饿死了。

他称赞了一声，李九歌眨了眨灵动的眼眸，得意而欢快地说："是吧，我就知道。"

因为陆家辰带了酒来，大家说笑了一会儿，等酒醒好后，一起举杯庆祝。

温舒也喝了小半杯酒，许轻晨看见温舒喝酒就觉得吓人，可是想到这次有宋言知在，便不再担心，很快就倒戈加入了曲江星的劝酒阵营。

酒足饭饱后，大家或多或少有些醉意。

曲江星酒量不错，还有余力组织大家玩游戏，宋言知和陆家辰忙着收拾碗筷，收拾完了，宋言知擦了擦手，坐在温舒身旁，不时指点一句。

温舒脸颊红红的，在宋言知来之前，已经连输了好儿局。

她听从宋言知的指示出牌，顿时改变了战局，之后更是一局连着一局地赢，不过一会儿，其他几人脸上就被贴满了纸条。

曲江星坐不住了，连忙让宋言知走。

宋言知拉着温舒的手上楼，两人还是第一次当着其他人的面如此亲密。

温舒心跳得越发快了，还没来得及问，便被宋言知搂住，温热的呼吸打在脸上，嘴唇被人吻住，轻轻柔柔的，好似羽毛拂过。

她心跳如擂鼓，宋言知微红的耳尖同样暴露了他并不平静的内心，温舒害羞道："宋师兄，你也醉了？"

对上温舒明亮清澈的眼眸，宋言知心头一颤。

他深深地看着温舒，眼神温柔又炙热，清晰而认真地回答："嗯，醉了。"

又在她的鼻尖上落下一个吻。

窗外的栀子树生机勃勃，华师论坛忽然冒出了一些关于宋言知的不好的言论。

有人在论坛上爆料，宋言知利用代课之便，和女学生有不合适接触，还附上了好几张温舒和宋言知举动亲密的照片。

很快，这个帖子被顶到了最上面，浏览量瞬间过万，发帖的账号明显是新注册的小号，也不知道这背后的人和宋言知有什么深仇大恨。

底下的留言大多在质问楼主为何污蔑宋言知。

可同时，也有一小部分人趁乱上场，他们并不一定认识宋言知，也不一定和他有过节。可是宋言知在学校人气太高，其他人一提起来他就是了不起的榜样，这也平白惹来不少人嫉妒，他们注册了新的小号，跟风揣测宋言知的人品，说一些很难听的话。

赵竹青很快接到了一个电话，是江云。

他仿佛时刻守在电脑前，一找到可以联系赵竹青的借口就立刻打来，如他之前所说，他参加过计算机大赛，还拿过金奖，成绩优秀，删掉一个帖子并不是难事。

赵竹青没有挂断电话，看着温舒，不禁有些犹豫要不要这么做。

温舒扶着额头，第一时间给宋言知打了电话，在听见宋言知熟悉而平静的声音后放下心来。

宋言知安慰她："我没事，你不用担心。"

"宋师兄，"温舒认真道，"我想抱一抱你。"

之前温舒被嘲讽，宋言知买了草莓蛋糕，第一次主动抱住温舒。

他认真地对她说："温舒，你很优秀。"

有一种甜甜的情愫弥漫在心头，她的宋言知，哪怕曾经拒人于千里之外，可当别人受伤时，他心头的柔软和善良就会显露出来。

冰冷漠然的是他，柔软善良的也是他。

宋言知微讶，声音染上浅淡清澈的笑意："我去找你。"

赵竹青很想装作没听见，可还是吃了一嘴甜得发慌的狗粮。

江云的电话还未挂断，她说："不用了，事主都已经无所谓，就不用你动手了。"

江云轻轻叹了声。

"不过我今晚有空。"赵竹青说。

学校论坛里的众人很快分成了两派，熟知宋言知性格人品还有崇拜他的人都在反黑，但也有一些观战者被带了节奏，也觉得宋言知好像做了坏事。

易经惊：宋言知是我们班的同学，我之前观察过好久，背地里傲气看不起人，独来独往，很难相处，但是实在看不出来他会一脚踏几条船。

冬天就要过去了：楼上的，报上名来敢不敢，我们班二十四个同学，我倒是想看看你是哪一位仁兄？

你妈喊你回家吃饭：哗众取宠，可我看宋言知和温舒也有问题，毕竟无风不起浪，苍蝇不叮无缝的蛋。

这样的言论惹怒了不少人，有人在论坛科普宋言知，把宋言知的履历表往上一贴，顿时又熄灭了不少火气。毕竟那么好看的履历可做不得假，他们若真有这本事，尾巴早就翘到天上去了。

论坛热闹无比，学校不少毕业的师兄师姐都知道了这件事，甚至校方也被惊动了。院里的领导接到了通知，让王教授打电话给宋言知询问这件事。

他们自然是相信自己学生的人品的，只是，他们更关心背后的八卦。

宋言知很自然地承认："小舒是我女朋友。"

王教授眯着眼睛，冲着办公室其他老师比了个手势，声音陡然增大："哦，我知道了，你恋爱了啊。你小子，我可真是小看了你，我还以为你这辈子都不会恋爱了。"

旁边的长发女老师露出"我就知道"的表情，小声向其他老师要赌注。

众人唏嘘不已，纷纷感慨，谁来还他们那个高冷的学霸宋言知？

宋言知不介意让其他人知道他和温舒恋爱的事，只不过他现在有更重要的事情。

他来到学校，有些同学远远地看着他窃窃私语，他全然当作没看见，径直去约定好的地点。

温舒已经在天台上等着了，听见声音，她回头看着他。

温舒道："宋师兄，你好好想一想是不是得罪了什么人，我们现在开始分析，争取尽快找到那个发帖造谣的人。"

宋言知答："我不清楚。"

温舒微诧，不过细想宋言知也并不像是会关注其他人的人。虽然清者自清，浊者自浊，可这样平白被人诬陷，哪怕宋言知自己觉得无所谓，她也不想如此。

"我最近怎么越来越多愁善感了。"她自嘲了声，随后认真道，"可要是不查清楚，你被人误会，兴许会影响到你发表论文，或者毕业之后的事业进展，还有那些仰慕者会闻风离开。"

"仰慕者？"宋言知反问。

温舒酸溜溜地回答："对啊，学校好多学姐学妹都喜欢你，只是不敢追求。"

宋言知"哦"了一声，认真道："所以小舒，你真的很优秀，我们在一起了。"

温舒怔了一下，宋言知张开怀抱，眉头微挑，温舒反应过来，暗啐了声，却也忍不住抱住了他。

耳鬓相接，温舒把脸埋在宋言知的肩上，小声问："宋师兄，你最近怎么好像变了一个人，这么……"

宋言知无奈道："我若是不主动点，你大概要和我分析一个小时造谣者。"

温舒大窘，宋言知不忘再添点火："小舒，你要知道，我们现在在恋爱，我不只是你的师兄，我还是你的男朋友。"

"对不起。"温舒愧疚不已。

宋言知的声音轻轻柔柔的："不用说对不起，刚开始都会不适应，一起再努努力就好了。"

说完，他捧着温舒的脸颊，吻住她柔软的唇。

温舒脸颊迅速红了起来，明明知道自己不该分心，还是忍不住想，宋言知突然这么会撩人，到底是和谁学的？

宋言知旋即加重了这个吻，汲取着对方的温度。

论坛的争论逐渐被压了下来，这时却又有人添油加醋，在论坛里污蔑温舒，语气凌厉，说温舒勾三搭四，行为不端。这种言论委实小儿科，街头骂战也比它更精彩，有了上次的经历，温舒的朋友们都怀疑是宋言知的哪个爱慕者做的。

宋言知眸光变了变，皱着眉头，他从来都不是个善于在众人面前表露内心的人，可这一次他认真无比地在论坛以及各个社交平台上发了一段话。

——没关系的。

——无论什么都会有尽头，夜幕会遇上黎明，春风会扫去冬雪，就算是永恒的时间，焉知没有尽头？所以我并不在意你们如何说，可我家小舒很好，我不想等。哪怕她和我说无所谓，但我会找到你们的。

——最后，澄清一下。小舒是我的初恋，我只喜欢过她一人。

温舒看到宋言知的澄清后，心跳如擂鼓。

之前论坛上那么多诋毁宋言知的言论，他也没有在意过。可轮到温舒，他却在第一时间做出了澄清。

温舒看着手机屏幕上的文字，眼角突然湿润了。她没觉得委屈，只是很感动，宋言知的温柔轻轻将她包裹，她心底突然很暖，很暖。

赵竹青和江云找到了最初的楼主，还有好几个在论坛攻击宋言知以及温舒最凶的账号背后的人。

其中有一个人江云并不陌生，是庄瑶瑶。

江云默然，对赵竹青说："对不起。"

赵竹青愣了下，就见江云认真道："请代我向温舒道歉。"

赵竹青却答："这又不关你事。"

江云咳了一声，揶揄道："追寻因由的话，怪我魅力太大。"

赵竹青无语："我从来都不知道你这么自恋。"

江云嗓音低沉："我忘记说了，我是一个值得你探索的男人。"

校方拿到名单时，原本是想要严厉处分主要人员，不过宋言知提出不用大费周章，因而只私底下做了警告。最初发布帖子的人是和宋言知同一年级的研究生，方度，因为嫉妒宋言知，又被宋言知压制了太久，冲动之下才在论坛发布谣言。

月亮爬上了云层高处，宋言知和温舒一起窝在沙发里看电视，电视节目很好笑，温舒看得很认真。可宋言知一直在分心，总是不停地偷瞄身旁之人。

温舒有所感觉，等了好一会儿，终于忍不住想要问清缘由："你一直看我做什么？"

宋言知并没有隐瞒的意思："今天在论坛上回应时，我疏忽了一点，我是第一次恋爱，那你呢？"

温舒有些傻了，偏偏宋言知还很严肃，她忍俊不禁，笑道："这很重要吗，如果我说不是怎么办呢？"

宋言知认真思考一会儿，然后道："不重要，可我想成为你的初恋。"

温舒捏了捏宋言知的右脸，感叹道："宋师兄，我怎么才发现你其实很可爱。"

她极快地亲了一口被她捏过的那处脸颊，宋言知眼神微凝，他想他应该知道答案了，旋即连眼角都染上笑意，凑过去想要亲吻温舒。

轻咳声传来，曲江星结结巴巴地道："我真不是故意的，我就是倒杯水，你们继续，你们继续。"说完他飞一般地上楼了。

宋言知目光幽深，认真地思考曲江星是不是应该回去了，还有李九歌和宁世尘那儿的钥匙也应该拿回来。

第十二章

明月在上

Xiangguo Ta
Huaile Di Mao

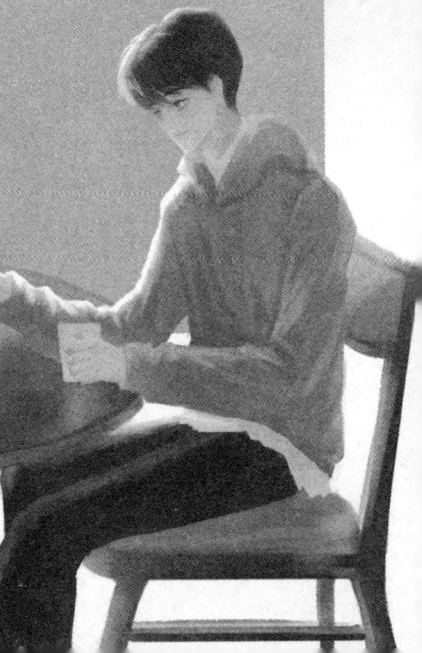

李九歌愤愤地将钥匙还给宋言知，并且再三保证自己没有配备用钥匙，才被允许离开。

走之前，他看着小舅舅毫不留情关门的背影，鼻头一酸，自己这么多年劳心劳力地照看小舅舅，结果到头来，抵不过红颜祸水，现在连门都不让他进了。

真是何其可悲，何其绝情。

他一步一回头，到了门口，陆家辰在等他，见他这副神情，问："你不开心？"

李九歌指着宋言知家："当然，被那个重色轻外甥的人气死了。"

陆家辰"哦"了一声："你声音这么大，不怕将来他们结婚时，你小舅妈同你小舅告状，到时候两人一起给你穿小鞋？"

李九歌后背一寒，有些害怕："算了算了，还是赶紧走好了。对了，上次在我小舅家，我小舅在厨房和你说了什么？"

他那次喝得半醉，就记得迷蒙间，陆家辰去厨房帮忙，好像还和宋言知聊了会儿天。这两人的性子都慢热，他还真有些好奇两人到底聊了些什么。

陆家辰还是那副冷静内敛的神情，答："将来你就知道了。"

李九歌不解："这还要等到将来？"

陆家辰威胁："这周任务想要加倍？"

李九歌默然，哪里还敢再问，只能哑巴吃黄连，默默忍着。

陆家辰微微一笑，不再言语。

曲江星已经在登机了，眺望着这座即将离开的城市，他心情郁闷，也不知道下次再来这个伤心地会是多久之后。也许得等宋言知和温舒的婚礼时，到时候宋言知才会放松警惕，允许他们进门。

温舒这学期期末考试成绩很不错，不少人又酸又理解，谁让人家有学霸男友！

其实，学期末宋言知的项目任务加重，两人见面的时间并不多，大多数时间只能微信视频，今天也是如此。

六月末，学校同学走了大半，夏日炎炎，学校里有些冷清。

周君如报了考研班，赵竹青去旅游了，许轻晨三天前就回家了，温舒连找个人一起喝奶茶聊八卦的机会都没有。

晚上，温舒以为睁眼会来到宋言知空荡荡的家，然而白炽灯光刺眼，她蓦地发现这不是宋言知的家。

醇厚的男声响起，一人诧异道："咦，宋言知，这是你养的猫？"

宋言知"嗯"了一声。

又有一个女声出现："好可爱啊，宋言知，听说养猫的男人都很顾家，温师妹可有福气了。"

宋言知看着桌上的不语，微微一笑，惹得旁边女生愤愤道："不许笑了，知道你幸福，不要再秀了。"

可只有温舒知道，宋言知肯定是担心她闷坏了，所以把她带到了
这儿来。

她"喵喵喵"个不停，宋言知弯腰，用只有她能听见的声音说：
"乖，好好待着，等会儿带你回家。"

不语害羞地别过头，安静地坐在桌子上，一动不动地等着宋言知。

路过的老师被不语吸引，都在夸不语很乖，然而他们想要摸一摸
猫时，又瞬间感受到了惊人的煞气。

宋言知眉头微挑，他们当即放弃了这个念头，暗道宋言知不是有
女朋友了吗，怎么性子依旧没变，连摸一摸他的猫都不可以。

他们走后，宋言知动了动笔，往不语脑门上贴了张字条，小组其
他人见着后颇为佩服，纷纷感叹宋言知果然还是那个宋言知。

温舒也想要看看字条上写了什么东西，可是想到宋言知那句好好
待着又放弃了，只能规规矩矩地坐在那儿等。

看着宋言知的侧颜，温舒时不时感慨，不愧是宋师兄，三百六十
度无死角地好看。

一直到深夜，不语被晃醒，它已经躺在了宋言知的怀里。一人一
猫行走在街头，蝉鸣声阵阵，月光伴着微风。

"小舒，我想你了。"宋言知道。

温舒无法回应自己的想念，只能轻轻地"喵"了一声，但是她知
道宋言知一定懂。她的心渐渐平静，用小爪子蹭了蹭自己的下巴，百
无聊赖地感受宋言知身上的温度。

路灯将他们的影子拉得瘦长，形单影只，更显孤独。可温舒心想，

宋言知应当不再孤独了吧。

不知不觉间，她已经站在了宋言知的身旁，也将陪他一起，享受漫长人生。

宋言知一步一步，迎着月光，小心而温柔地抱着心爱之人，回家去。

七月过了一小半，温舒还是不得不买了高铁票回家，她家大人早就催促了很多遍，只不过她硬是找了许多借口才留到了现在。

宋言知没有时间送温舒去高铁站，只能让李九歌代劳。

车上，李九歌提起那九十九个拥抱的完成情况，温舒脸一红，好一会儿说不出话来，李九歌这段时间脸皮厚了许多，心道谁让小舅总是欺负自己，他得趁着现在小舅妈还没正式挂牌，提前收点利息。

谁知，温舒轻声道："这你得问宋师兄自己，要不，我现在给宋师兄打个电话，我来问也行。"

李九歌吓得把方向盘打歪了，旁边的车"嘀"了一声，他赶紧回正方向盘，同时讨饶，他才不想被小舅削一顿。

高铁站人不少，李九歌帮温舒将行李提到了进站口，温舒让他快回去。

李九歌"嗯"了声，眼看着温舒走远，他倏地喊道："早点回来。"

温舒招了招手，还算平静，可眼看着时间一分一秒过去，高铁开始检票，她突然忍不住打了个电话。

电话那头，宋言知低声问："小舒？"

"我能不能不回家？"温舒可怜兮兮地问。

宋言知迟疑了一下，可最后还是答："别瞎想了，叔叔阿姨会想你，小舒，我们的日子还很长，我在这儿等你。"

温舒"嗯"了一声："可是……"

宋言知戴上耳机，手机放在手边，一边认真看资料，一边听温舒絮絮叨叨。

温舒回到家，温父温母抄着砧板和棒槌开堂问审，为什么这么晚才回来，她连忙寻了个由头躲进房间，关上门。

门外，温家夫妇贴着门听了会儿动静，两人对视了一眼。

"女儿生气了？"

"还不是你要闹，现在好了吧，我的宝贝女儿都不想理你了。"

"你……"

温父得意扬扬地离开，留下温母在那儿跺脚皱眉。

当天晚上，两人做了大餐安慰温舒，然而温舒急急忙忙吃了几口就回了房间，借口自己已经困了，回房休息。

温母总觉得事情不对，饭后过去询问，可开门一看，温舒盖着薄毯，安安静静躺在床上，并无半点不对。

温舒什么时候变得这么乖了？

温舒此刻黏着宋言知，一步都舍不得分开，一直到了深夜，宋言知去洗澡，温舒才害着地躲在沙发上，心头旖旎。

过了一会儿，宋言知围着浴巾，擦着头发走过来，温舒看着他紧实的小腹、线条优美的背和手臂，莫名羞涩。

宋言知坐在不语身边，揉了揉不语的脑袋。突然，不语的鼻子下方竟然多了一点红色，他勾起嘴角，笑了笑，问道："好看吗？"

温舒回过神，丢死人了！

宋言知猜得到温舒现在是什么样的心情，因为他也很想要见对方。他自以为能够克制住思念，然而，这都只是他以为。

他搓了搓不语的脑袋，轻若无声般呢喃："再等等，再等等。"

温舒在家待得舒坦而颓废，每隔几日和宋言知见一次面。她想，九月很快就到了，到那时她再找个借口早点回学校。

温父温母全然不知自己又要被女儿抛开，两人还夸赞女儿可真是小棉袄，贴心又暖和。温舒心里不大好意思，只笑笑不说话，有些愧疚。

一连几天阴雨，温舒在阳台上闭目吹风，手机提示音响起，她打开手机，是宋言知发来了消息。

——向下看。

雨水淅沥，温舒惊呼了一声，起来趴在栏杆处向下看去。

她家在三楼，下方，一个高大青年撑着黑伞，正抬头看她。她哪里还知道"清醒"二字如何写，踢踏着拖鞋下楼，跑到了宋言知跟前。

"宋……"

话音未落，唇上已经被覆上了一层柔软，她睁大眼睛，宋言知温柔地亲吻她，好一会儿，温舒实在喘不过气，两人才分开。

她脸颊通红："宋师兄，你怎么来了？"

"小舒，你不想我吗？"宋言知声音低落，听得温舒心疼不已，她不敢再问。

温舒心虚地看了眼四周，担心被邻居看见，连忙将人请上楼去。

温父今天没有加班，早早回家，刚进门就念叨了起来："小舒啊，今天王阿姨跟你妈说好像在楼下看见了你和一个男人搂搂……"

剩下两个字还没说出口，温父就见沙发上坐着一个人。

宋言知坐姿端正笔直，见他回来，起身说："叔叔好。"

温父还当自己看花了眼，结结巴巴道："哦，你……你好。"

温舒在厨房切水果，端着盆西瓜出来，略过温父抬起的手，先递给了宋言知："宋师兄，吃西瓜。"

温父鼻头微酸，宋言知将西瓜递给温父，然而温父眉头一皱，愤愤地"哼"了一声，紧接着打电话给自家夫人，让她赶紧回家，看看温舒到底做了什么好事。

温母对女儿交男朋友并不限制，可是温舒性格单纯，又从来没谈过恋爱，难保不会被人骗，当即飞也似的回到家，想要看一看那个可能骗走女儿的男人到底长什么样。

温母到家，放下包，气还未喘匀，挑着眉，心里思量着一会儿用擀面杖打人如何，和老温商量好的套路可不能出错。

她一身怒气还未消，就看见眼前的俊秀青年，温母声音陡然放柔："同学，你什么时候来的？吃过了没？饿不饿？小舒这孩子怎么都不提前和我说？你看，我今天都没买什么菜……"

她给温舒使了个眼色，眼光不错，怎么不早点告诉她！她像是那种作风古板老派的人吗？

温舒心里暗爽，露出满足的笑容。

靠在厨房门边拿着擀面杖的温父一头雾水，小声呼喊："老婆，老婆你干什么呢？剧本里可没有这个啊！"

温母瞪了他一眼，然后语气和善地招呼宋言知。宋言知眉头微挑，好像在思量着什么。

宋言知被留下来吃晚饭，桌上摆着七八个菜，被使唤去买了两袋卤牛肉的温父愤愤不已，可有温母镇压着哪里敢吱声，只能明明白白地对宋言知表达自己不高兴的情绪。

宋言知有些发愁，从小到大他都没怎么和长辈相处过，自然有些局促。

饭后，温父想要赶人，可他已经先被温母赶去厨房了。

宋言知主动要求帮忙，温舒不忘接话："在学校时，都是宋师兄煮饭洗碗。"

温母颇为满意，紧接着质问："煮饭，你们同居了？"

温舒忙解释："只是一起吃饭，没有同居。"

收拾好厨房，便是温母的盘问环节，宋言知老实应答，除了耳熟能详的履历，还添了些连温舒都不知道的兴趣爱好，每说一样温母的神情就欣喜几分。

温母是教师，对于好学生总是格外欣赏，更何况这明显就是学霸级别的人物。

这么想来，自家女儿能够和宋言知在一起，倒像是人家吃亏了，温母眼神和善："小宋，温舒她平时在学校就麻烦你照顾了。"

温父冷笑："我女儿怎么可能会麻烦别人？"

温舒"嗯"了一声："妈，宋师兄真的很会照顾人的。"

她事先不知道宋言知来这儿，可是在家长面前夸宋言知是绝对不会错的。温父可怜兮兮地看着妻子和女儿，只觉得眼前这一幕和谐无比，唯独自己像是个坏人。

宋言知细心不已，见温父的脸色不佳，忙说："叔叔阿姨将温舒照顾得很好，我才应该谢谢你们。"

温父略微有点安慰，可细想之后又有点不太对劲，这是什么意思？怎么像是就要嫁女儿了，他可还没同意呢！

宋言知提前在附近订了酒店，温母还有些不舍，想着干脆住在家里就是，反正有房间。可是她又知道这样不太好，最后只能让温舒送宋言知回酒店。

终于见到思念了许多天的人，温舒连走路都轻快了。

宋言知眉目舒展，故意走得慢了些，可还是很快就到了酒店。

宋言知道："很晚了，我自己上楼，你快回家，别让阿姨着急。"

温舒轻轻"嗯"了一声，接着道："宋师兄，我爸就是那样的性格，你别放在心上，他就是太关心我了。"

宋言知怎么会生气，他揉了揉温舒的耳垂，温声道："我知道，你快回去吧，到家记得给我发个信息。"

温舒满是不舍，离开后，宋言知轻轻叹了口气，好想，好想抱抱她。

他回到酒店，发了条朋友圈，配图是明朗的月亮。

——常州之夜。

不一会儿，赵竹青已经带着姐妹来评论了。

温舒是常州人，所以，宋言知这是去找小舒了？那有没有见家长，什么反应！

朋友圈罕见地沸腾了一把，不乏侦探出没，很快就联想到了一切线索，确认宋言知是去见家长了。

宋言知表白之后，一众女生默默心碎，但还是有人暗戳戳地想，两人这么不般配，肯定很快就会分手，可打脸总是来得这么快，深情人设放在宋言知身上更是毫不违和。

宋言知躺在床上，手机一直显示有消息。

他闭上眼，前段时间睡眠不足，睡眠质量也不行，可不知为何，今晚他很快就睡着了。宋言知没想过缘由，只是觉得格外安心。

因为温舒就在不远处的某一栋楼里，想念着他。

宋言知还有项目没结束，所以在常州待不了多久，好在温母体贴，这几日变着花样给两人相处空间。

相处了几日，温父对宋言知的偏见也少了许多，只是一想到女儿还小，男友越是靠谱，岂不是就代表结婚也越早，因此情绪始终高涨不起来。

宋言知终于要回去了，临别前提着精心准备的礼物上门，温父表面摆出严父的样子，觉得这人终于走了，却也在宋言知出门时叮嘱他路上小心、专心学业，而后又补充，别总是缠着小舒。

可怜他这乖巧了许多年的女儿啊。

温舒依依不舍，但是几天之后就要回学校了，不用等待太久，她又开心了起来。

九月初，大学城已经热闹了起来，温舒没有先回学校放东西，而是直接去找宋言知。

到了宋言知家，才发现还有其他人在，是宁世尘和一个很好看的小姐姐。

宁世尘了然地指向书房，然后同温舒介绍："小舒，这是裴老师。"

裴瑾念对温舒好像并不陌生，还带着股兴奋感，没一会儿就聊到了一起去。温舒不忘称赞："裴姐姐，你可真好看，比我见过的女演员都要好看。"

裴瑾念自然是开心的，也有些惊讶，年轻一代中不认识她的人真是很少。不过，这就是宁世尘说的攻下学霸师弟的女生吗，眼神清澈温柔，还真是让人看一眼就觉得舒服的姑娘。

她不知道温舒和宋言知的完整故事，只从宁世尘那儿听到了一点边角料。而这点边角料在裴瑾念的心中，却比最跌宕起伏的小说还要来得精彩万分。

少女的心事啊，总是那样，一点一丝都藏着说不出的轰隆天雷。

有时间她一定要听温舒本人说一遍，也许，那就是她下本书的创作素材。

宋言知在书房忙碌，眼睛忽然被人用双手蒙了起来，他并不惊讶，而是握住了那人的手，轻声道："小舒，你回来了。"

温舒惊了一下，宋言知又道："阿姨已经和我说过你今天回来。"

原来是有人通风报信，输得不冤。她轻快地放下手，顺势抱住了宋言知，闻着他身上清新的淡淡的沐浴露香气，一脸满足地说："终于开学了。"

宋言知熟稔地亲了上去，是啊，他也等了好久。

片刻后，温舒小声询问宁世尘的八卦，宋言知想了想，用"任重而道远，但是曙光已现"来形容好像最合适，只一听就想象得出宁世尘和裴瑾念的波折感情。

温舒忽然问："宋师兄，你们学霸是不是都不太会谈恋爱？"

宋言知好似被人戳了一刀，可怜兮兮地看着温舒，认真回答："所以，小舒要好好教教我。"

宋言知这撒娇的模样实在让人想要一辈子好好保护着，温舒揉了揉宋言知的头发，郑重地答应了下来。

然而话还没说完，宋言知忽然变得有些古怪，他又变得懵懵懂懂，看着温舒的眼神全变了。

按照他们俩发现的规律，只要两个人有亲密接触，那么宋言知就能够尽快回到原来的身体里，可是她现在都握住宋言知的手很久了，也没有丝毫变化。

温舒及时关上门，守着宋言知，没承想，这一守就是两个小时。

温舒牵着宋言知的手，坐在地上，头枕在宋言知腿上。他没有动，任由温舒睡下，思量着近来发生的事，他脸色微微变得有些难看。

很多同学大四的时候都会找实习工作，早一些的上学期就已经开始利用周末的时间去公司实习了。虽然有个学霸男友，可是温舒对考研并不感冒。

她想，她提前工作的话，就能攒钱给宋言知买礼物了。

原本秋招的时候，温舒已经和一家公司签订了三方协议，这家公司在业内名声不错，实力也不弱，可是元旦前夕，那家公司突然打电话给她道歉，公司单方面毁约了。

眼看着同学们越来越忙，毕业的气息也越发重了起来，她有些沮丧，难道是因为自己很差吗？

室友们见她气场低落，于是悄悄和宋言知说了。

晚上，温舒去找宋言知，将自己织了半个月的围巾送给他。围巾有些惨不忍睹，可现在再改，只怕冬天过去了都不能改好。

好在宋言知不嫌弃。

他微微弯腰，温舒踮着脚将围巾围在他脖子上，围巾针脚不密，有些疏漏，花纹更是让人忍俊不禁。挂上之后，温舒脸红了大半，讷讷道要不拆了再织。

宋言知用一个亲昵的吻回应了她的忐忑，他很喜欢。

如同平常一样，宋言知煮了香喷喷的面条，两人一起看了一部电影，最后宋言知送温舒回去。

路上，天空飘起了雪花，江门在南方，很少下雪。

街上已经换成了圣诞节的装饰，麋鹿帽子、圣诞老人随处可见，情侣们在街上欣赏着初雪，期盼雪再大一点，最好能够堆雪人，再用双方靠近心口的那粒纽扣做雪人的眼睛。

风雪飘打在温舒的耳尖上，有些冷，温舒却难掩兴奋，接住了一点雪花："瑞雪兆丰年，宋师兄，明年你一定会更加顺利。"

宋言知握紧了温舒的手，故作平静地回答："你也是。"

两人踩出的脚印很快被风雪遮掩，也许很快这场雪就停了，可宋言知明白，他心上的那场雪怎么也不可能停，甚至要下够一生一世。

很快，温舒就打起精神准备继续投简历，然而第二天邮箱里面就收到了一份 Offer（录取通知书）。

聘请她的不是什么大公司，而是一个新成立的工作室，准确来说，这个工作室还没正式成立，可温舒看着落款的名字，没有犹豫就答应了。

心理学界又仿佛被人用鱼雷炸了一次，依旧是和宋言知有关，他竟然成立了工作室。

要知道这几年来可是有不少大公司邀请过他，薪酬丰厚，可他只是表示想先认真做学术。

这下倒好，宋言知不声不响就弄出了个工作室。

工作室成立还有宁世尘一份儿，毕竟宋言知的字典里，既然要做就打算做到最好。

学如逆水行舟，不进则退，生活也是，他对温舒的喜欢也是。

宁世尘自从知道裴瑾念就是那个小时候救过他的女生后，竟然躲了起来，他知道自己这样做太不负责任，可是一时之间真的无法面对，有个工作室也好，毕竟工作最容易分散注意力。

温舒又因此收获了一众同学羡慕的眼神，她也不禁笑着想，这算不算是红颜祸水的正能量用法。

然而最让人头疼的还是她和宋言知以及招风、不语的现状，最近总是出现各种意外，好几次情况危急，差点被人发现。

两人试验过很多方法，可是都不能阻止这个趋势。

而唯一的线索，大概就是玲珑医院的宠物医生，他们两人产生变化之前，就只在玲珑医院有过交集，也正是那天之后，他们身上出现了这种奇怪的事。

他们无法佐证这两件事的关联性，只能抱着死马当活马医的态度寻找当时的宠物医生。

只是茫茫人海，要找到一个人得有多难。

温舒想过在网上发帖，或者朋友圈寻人，然而那人毫无踪迹，就像是人间蒸发了一样。就连玲珑医院竟然也没有多少人记得，实在怪异。

许轻晨最近总觉得温舒看他们的眼神不太对，有点奇怪的和善和眷恋，并且突然特别爱逛学校，总是拍照，可是拍着拍着又没来由地丧气，嘀嘀咕咕，说自己以后反正也用不了手机了。

怎么会用不了手机呢？

任何奇妙的旅程都会有终点，就像最绚丽的彩虹始终会消失。

想到宋言知也是如此，温舒就更难过了，喵星人和汪星人会不会语言不通呢，万一她听不懂宋言知说话怎么办。

她沮丧无比，想要挨个抱一抱她们，因为也许这一天就是最后一天。

临近新年，温舒寻了个理由搬到了宋言知家，方便两人互相照应，工作室的活近来全部交给了宁世尘负责。

宁世尘也不太懂，只知道宋言知和温舒每天早出晚归，好像在找些什么，他想要帮忙，可是宋言知只是拍了拍他的肩膀，让他不要担心。

凌晨两点，温舒睡不着，在沙发上发呆，等了一会儿，柔和的灯光亮起，宋言知朝她走来，坐在她身旁："如果想哭也没关系，我在。"

温舒忍住不哭，可是越忍越难受，她终究也只是个平凡的少女，她向往美好，可很快，她可能就再也不能和从前一样了。

在宋言知温柔的关切声中，她的泪水终究还是夺眶而出，她真的很害怕，她还没参加轻晨她们的婚礼，还没对父母尽孝，还没和宋言知白头到老，她一件件地把自己还没做到的事说出来。

宋言知一颗心也被温舒吓得七上八下，他想和温舒亲密，可这个时候不行，他吸了口气，最后只是将她搂住，想尽量让对方温暖一点。

他并非无所不能，可如果他也慌了，那么谁来给温舒力量。他只能让自己看起来比平时还要平静，等待未知的来临。

"宋师兄，如果以后你听不懂我的猫叫声，可以写字，对了，我们的身体怎么办？还有，我要不要提前将招风接过来，不然万一将来我们两个分居两地怎么办？到时候就算是写字也看不到。还有，要是有其他猫欺负我怎么办，你还能够第一时间过来吗？"

温舒问了一连串的问题，屋内气氛竟然随之平和了下来，她自己都有些想笑。

宋言知认真无比地说："我能，无论何时何地，只要你需要我，我都会在，永远永远地保护你。"

是时候谈论永远了，哪怕它虚无缥缈。他一遍一遍地说着情话，从前那些克制住的感情，都在今晚有了出场的机会。

一直到晨醒十分，天际亮起一片白，他口干舌燥，但手仍旧舍不得放开怀里的人去倒水。他真想就这样一辈子。

他发红的眼睛里，透着从未有过的遗憾与慌张。

许轻晨等人都收到了温舒的私聊，长长的一段话，看着让人发酸。可她们怎么瞧着这意思，像是温舒快要死了一样？

于是，一伙人大清早地就跑到宋言知家，想要知道到底发生了什么事。

到了才发现，原来屋子里已经有很多人了，她们并不是最早来的。

温舒和宋言知被围在中间，看来觉得他们俩最近特别奇怪的人并不是少数。

李九歌露出狰狞本性，捏着拳头，恶狠狠道："快把所有事都说清楚，你们两个要是有半点隐瞒，我就……"

宋言知看了他一眼，李九歌顿时浑身打战。

温舒鼻子有些发酸，宋言知沉默了几秒后，道："我来说吧。"

故事并不漫长，甚至很简单，只是实在突破了众人的想象力。

李九歌张开嘴巴，道："难怪不语总是那么奇怪，而且不喜欢和我接触。"

宋言知轻声接话："这和小舒无关，它本来就不喜欢你。"

李九歌噎了一下，想要反驳，可是一想到温舒和宋言知经历了这种事，就什么也说不出来了。

裴瑾念的眼睛有些红，现实原来更玛丽苏，可是为什么结局不能变得再好一些呢，就再好一点点就可以了。

震惊过后，他们开始帮忙联系玲珑医院，以及那个神秘的医生。

裴瑾念将相关信息发布在了自己的微博上，动员网友一起寻找。

许轻晨心肠最软，也最不能憋，最后还是哭了出来，哽咽着道："要是真找不到，以后我就把你们带回家，我一定不让你们分开。"

温舒忍不住笑了出来，擦了擦她的眼泪："好了好了，不要哭了，我还没彻底成为不语呢。"

"嗯，我知道。"许轻晨哽咽道。

很快，寻找玲珑医院小组匆匆成立，总指挥宁世尘。

小组目标，找到玲珑医院的医生，守护温舒和宋言知。

在找到医生之前，大家轮流照顾温舒和宋言知，生怕出现不可控的情况。可好几天过去，他们只找到了一点蛛丝马迹，甚至称不上线索，越是如此，他们就越是慌乱和无奈。

温舒身体的反应也越来越大，她进入不语身体的频率更频繁了，时间也变得更加长。

温舒已经预想到了也许这就是最后一天，她让其他人先回去好好休息，可是大家都不愿意走，就守在宋言知家。

不过，大家也都默契地将这可能的最后一晚留给宋言知和温舒独处。

夜晚，温舒和宋言知并没有想象中的旖旎，他们两人站在阳台上，寒风凛冽，可唯有这样方才能够让自己更加清醒一些，抗拒身体的奇怪感觉。

"宋师兄。"温舒抱住了宋言知，九十九个拥抱应当已经完成了大半，有过温暖，有过宽慰，有过慌张，有过心疼，而一切的源头都是某宝店上偶然被人拍下的拥抱服务。

"别怕，我在。"宋言知回答。

温舒真的觉得安心了很多，天空中忽然飘起雪花，像是鹅毛。她缩了缩脖子，牵着宋言知的手回到房间。

宋言知看出了温舒的疲惫和害怕，他搂着温舒："睡吧，睡醒就好了。"

温舒点点头，真就睡了过去，她闭着眉眼，呼吸深沉，枕着宋言知的手。

宋言知闭上眼，想起两人第一次见面时的场景。

他微微笑着，身旁，熟睡中的温舒同样露出了笑容，只是，有一滴泪水渐渐从眼角落下，很快就消失。

楼上没有动静，许轻晨等人心底有些发慌，决定上楼查看情况。

他们敲门，却没有人回应，于是他们强行打开了门，看见了床上熟睡中的两人。

不语和招风也被带到了这儿，它们感受着自家主人的气息，忽然也有些忐忑，焦急地围着床上的两人转。

不语跳上了床，踩在两人的身体上，希望他们赶紧醒来，可是无论怎么做都没有用。

李九歌的指甲都快掐到肉里，他不敢告诉妈妈和外婆，生怕那两位一时着急出什么事，可是春节就快要到了，难道真的瞒得下来吗？

他们看着床上的两人，难过非常。

也许在不久之后，只能见到两只会写字的猫和狗了。

阳台的风吹进屋子，气温降低，周君如准备去关窗户，可是阳台上忽然响起脚步声。

不知道什么时候，阳台上多出了一个人，他穿着单薄外衫，戴着棕色线帽，诚恳地道歉："对不起，我来晚了。"

大家警惕地看向他，紧接着，那人笑笑，说："临时去了一趟别的时光轴点旅游，耽误了一会儿，希望你们不要介意，而且，难道不

是你们找我来的？"

虽然他们听不太懂，可还是瞬间明白了这人是谁。

他们赶紧让男人查看宋言知和温舒的情况，男人让大家出去等候。

大家虽不放心，可没有其他办法，只能乖乖照做。几个女孩子哭成一团，依依不舍地退出去。

过了几分钟，男人下楼，大家迎了过去，他比了个顺利的手势，大家松了口气，心里却还有些后怕。

有人询问男人的身份，男人这才发现自己忘了自我介绍，笑着说："你们可以喊我林，至于我，我来自未来。"

李九歌想了想，问："你知道下一期彩票的中奖号码吗？"

林微微一笑："我不缺钱，自然不会记得这个。"

大家吵吵闹闹，想要尽可能地多了解一点未来之事，然而林守口如瓶，毕竟不能影响过去可是铁律。

屋内热热闹闹的，林看着窗外，难得地想要休息一会儿，就一会儿，漫无目的地寻找实在太难了，哪怕是他也是如此。

凌晨，宋言知和温舒醒了过来。

林在房间留下了录音，解释清楚了事情的原委。

他们之所以会出现这样的身体状况，是因为当时他的一项研究出现了错误，有个机器人离开时引动了特殊的装置，以至于当时在医院的他们有了不良反应。

他并不知道有这样的事情发生，后来又有事不在，不然肯定早就过来解决了。好在这次全网搜索，信息自动进入了他的信息库，他及时赶来解决了这个麻烦的问题。

温舒没忍住落泪，她胡乱擦了擦满是泪水的脸，总算有了美好的结局。

就在这时，宋言知有些严肃地看着温舒："小舒，你愿意嫁给我吗？"

宋言知道："一起经历了这么多，很幸运，我们都还好好的。我想一辈子陪在你身边。"

温舒哭得更厉害了，这一次是因为幸福而落泪。

门外偷听的众人屏息凝神，林悄悄拿出一个纽扣，问："要不我放大一下里面的声音？"

众人齐齐看着他，唾弃道："变态！"

房门忽然被人打开，宋言知严肃地看着他们，一个个哪里还敢留下，灰溜溜地离开了。

宋言知轻笑了一声，关上了门，转身抱住了心心念念的心上人。

他忽然说："我们是不是该干点儿别的事？"

温舒愣了愣，脸颊登时烫得离谱，宋言知还当她没听清楚，又重复了一遍。

回应他的是一个轻轻柔柔的吻。

风雪不知何时变得更大了。

　　窗外，万家灯火明灭，宋言知不自觉地笑了笑，他亲吻温舒的嘴角时，脑海中想到了未来。

　　世间所有人都在寻找自己来到这个世界的意义，他也如此。

　　终于有一天，南风过境，万物复苏，让这世间的一切都蒙上了一层轻柔的月光。

番外一

好好很委屈

Xuangyua Ta
Hiashi Di Mao

温父生日，温舒带着好好回家住了几天。

宁世尘最近忙着哄裴瑾念，抽不开身，而工作室又有一个比较麻烦的客户需要应对，所以宋言知这次只能留在工作室，不过他也特地提前订了许多礼物让温舒带回家，并且打了电话祝温父生日快乐。

温父对此颇有微词，他本来就气愤宋言知哄温舒一毕业就结婚，这次更是在生日宴时板着一张脸，筷子都不怎么动。温母习惯了他的脾性，依旧自如地招呼亲戚吃饭。

温舒有些无奈，好好都四岁了，怎么爸爸还在因为这个事生气，她招了招手，悄悄让好好去哄一哄外公。

好好睁着大眼睛，不太愿意，奶声奶气道："好好不想去，外公总是抱着好好不放，好好已经是大人了，外公不能这样子！"

好好识字早，小小年纪就有点宋言知的学霸风采，温舒看着好好一本正经的表情忍俊不禁，小声说："这周妈妈多陪你玩一下午玩具好不好？"

小女孩故作思量，忽然道："我想周末去一次游乐园。"

温舒惊讶道："你不是嫌弃游乐园人多，从来都不喜欢去游乐园吗？"

好好幽幽地看了一眼温舒，温舒连忙应了下来。

一转头，小女孩就迈着小短腿慢悠悠地跑到了温父身边，温舒同辈的亲戚多，表哥表姐堂哥堂姐眼里都带着笑，好好和温舒小时候一样，可爱极了。

好好奶声奶气地说："外公，我想看动画片，你带我去看动画片吧。"

温父有些受宠若惊，好好总嫌他黏人，没想到这次竟然主动邀请他看电视，心里那点不悦早就飞到了九霄云外，连忙带着好好去看动画片，别提多自豪了。

温舒的二叔忍不住笑着说："大哥在家里的地位真是越来越低，偏偏自己还特别高兴。"

家中顿时笑声满满，温母敲了敲桌，故作正经道："老温面子薄，你们再笑，他又要闹了。"

几天之后，温舒带着好好回家，说来也奇怪，她找不到宋言知了。

回到家后，家里也没有宋言知的踪迹，只剩招风安静地趴在沙发上。她赶紧打电话给宁世尘等人，得到的消息却是，宋言知没有去找他们。

温舒在招风身上多看了几眼，恰好招风此刻热情无比地跑向她，仿佛在佐证她的猜测一样。

林在解决了他们身体的奇怪问题之后曾经说过，可能某一天，这个问题还会出现在他们俩身上，时间不定，也许一年，也许两年，也许十年。

好好有些饿了，揉着肚子奶声奶气道："妈妈，好好好饿，爸爸怎么还不回家煮饭？"

温舒不知道该怎么解释，胸口闷闷的，她一手搂住好好，一手搂住招风，尽量勇敢地面对现实："好好，它是你爸爸。"

好好"扑通"一下坐在了地毯上，歪着头，看着眼前的场景。

好好走到角落里，打开了自己的电话手表，给哥哥打电话。

电话接通后，李九歌道："好好，怎么了？"

好好神秘地说："哥哥，爸爸变成狗了！"

过了一会儿，温舒煮好了饭菜，好好坐在自己的儿童座椅上，温舒坐在另一边。好好刚准备开动，温舒忽然惊呼了一声，然后小心翼翼地把招风放在了原来宋言知的座位上。可是招风坐在椅子上压根儿够不到桌子上的菜。

温舒又把招风放在了桌上，然而下一秒，活泼的招风一脚踩在了一碗菜上。

温舒有些气："宋言知！你别以为你成了狗我就会处处忍着你！你要是不乖一点，我就喂你吃狗粮！"

招风听见"狗粮"两个字，顿时摇起尾巴，无比乖巧。

温舒又笑又气："宋言知，你要坚持住，不要被同化啊！"

最后，温舒还是让招风吃了它爱吃的狗粮。

温舒洗完碗回到客厅，看见好好在拿球和招风玩，一个扔，一个接。

她大惊失色："好好，你怎么可以把你爸当成狗呢！"

好好是个懂事的孩子，所以她很快就住手了，把玩具球交给了温舒。

温舒坐在沙发上，招风正在蹭她的裤脚，她看着摇头晃脑的招风，犹豫了好一会儿，最后还是没忍住，把球扔到了几米之外，并且喊着："宋师兄，快！"

几个回合之后，温舒玩得颇为开心，旁边，是双手叉腰、噘着嘴、一脸气愤地看着她的好好。

温舒看着好好委屈又气愤的样子，终归是不忍心，她想着反正都已经这样了，于是又去玩具箱里拿了一个球来。

双倍追逐，招风显得更加开心了！

懒懒地躺在一角的不语默默地看着这一切，仿佛像在看傻子。

李九歌和陆家辰过来看温舒，昨天那通电话实在让人奇怪，李九歌担心小舅出了什么事，过来看看。

谁知道温舒正悠哉游哉地看剧，他问："小舅呢？"

好好指着招风："哥哥，妈妈说爸爸变成了招风。"

温舒把她的猜测告诉了李九歌，吓得李九歌都愣了，他看着招风，喊了句"小舅"，招风摇起了尾巴，别说，还真有点像宋言知。

他憋住想笑的冲动，宽慰道："等林回来之后就会没事了。"

李九歌把招风抱住，想要趁着这个机会好好欺负欺负"宋言知"，他嘀嘀咕咕道："小舅，你可终于落在我手上了。"

前方忽然落下一片阴影，李九歌抬起头，宋言知和林就在他面前。

李九歌惊呼了一声。

正在看电视的温舒回头，同样怔住了。

好好看到这个场面，也愣了一下，随后迈着小短腿跑向了宋言知。

宋言知轻松抱起她，温声道："好好乖不乖啊？"

好好答："好好很乖，妈妈不乖。"

宋言知诧异地看着温舒。

自知想错了的温舒觉得脸颊滚烫，弱弱地道："宋师兄，你没有变身？"

"什么？"宋言知不解。

温舒也是一时急糊涂了。

宋言知憋着笑，低声说明原委，林邀他一起去了趟远方，临时出了问题才回来晚了。

至于林当初留下的那句话，宋言知笑着道："林当时在开玩笑，难道你看不出来？"

温舒心虚地摇摇头。

李九歌哪里忍得住不嘲讽，用手揉了揉好好的脑袋，故作可怜道："好好，哥哥忽然担心你的智商了，小舅妈这么笨……"

好好抬头，一脸天真："可是哥哥，陆哥哥明明说过你最笨。"

李九歌有点心塞。

紧接着，好好委屈地对温舒道："妈妈，我就知道你是想骗我去哥哥家住，然后好过二人世界，好好又不是不懂，妈妈和好好说，好

256

好肯定会同意的。"

好好"哎"了一声，奶声奶气道："好好好委屈！"

周日，一家人去游乐园，游乐园人山人海的，有很多小孩子。好好背着小书包，穿着小裙子，站在旋转木马前。

温舒想要带她去玩项目，可是好好不同意，她站在那儿等了好一会儿，这才发现目标，小跑了过去。

一个眉眼酷酷的小男孩在家人的陪伴下走过来，好好自来熟地搭着男孩的肩膀，比平时要兴奋多了，还将书包里的小蛋糕递给他。

好好挥挥手，让温舒和宋言知自己去玩，不要担心她。

温舒了然，旋即失笑，难怪好好忽然想要去游乐园，原来是别有用心。

宋言知忽然牵住了温舒的手："既然好好有约了，那我们俩去逛一逛吧。"

"嗯。"温舒缓缓应道。

两人牵着手，一步一步地走着，岁月难掩春光。

番外二

万物有数

Xiangwai Er
Huaili De Mao

那个院子里的凶叔叔又来了。

小女孩趴在阳台上，看着那个凶巴巴的叔叔搬着麻袋进了小院，也不知道麻袋里装着什么，好像还在动。

她不喜欢那个叔叔，叔叔有一次还很凶地让她别挡道，活像是要吃人一样。妈妈当时在附近的小卖部买汽水，见状忙把她拉了过来，小声地告诉她不要惹那个人。

她不太懂妈妈的眼神，却能够看出来那个人不是好人。

第二天，小女孩见坏叔叔和几个朋友一起出门喝酒，偷偷溜进了院子。

这个小院是个"禁区"，很少有人来，可偏偏她胆子大，猫在墙角，竟然听见屋里有动静。

她看着窗户，犹豫了一会儿，还是轻手轻脚地推开了窗。窗户下，有一个小男孩被绑着手脚，嘴巴被塞上了布条，正撞着旁边的桌子。

一个落魄又可爱的男孩儿。

小女孩从小就喜欢看电视剧，最喜欢英雄救美的桥段，她看出这个小男孩好像遇到了危险，决定救人。可是她个子不高，踮着脚才将半边身子探进去。她想要帮窗台下的那人解开绳子，然而刚将那块布

拿下来，小男孩眸中便露出了胆怯之色，惊慌之下，一口咬在了小女孩的胳膊上。

小女孩吃痛，院子门外传来声音，有人要进来，她心更慌了，连忙从窗台下来，躲在了墙角那口水缸旁。

将小男孩带到这儿的男人看见窗户开着，脸色黑了下来，他开了锁，进门，见小男孩口中的布掉在地上，当即抓住小男孩吼了一声。

小女孩心里还生着气，心跳得飞快，生怕被坏叔叔发现，她听见动静，壮着胆子趁着这个机会跑出了院子。

屋内的小男孩被狠狠打了几巴掌，他恶狠狠地盯着男人的脸。

男人问："刚才是不是有人来过？"

男人见他依旧什么也说不出来，没多想，将那块布又塞进他嘴巴里，把绳索绑得结实了些："你个小兔崽子乖一些，明天就有好去处了。"

小男孩没吃饭，到了下午已经饿得受不了了，可这个时候他脑子里想的不是食物，而是那个被他咬了一口的女孩。

回到家的小女孩一宿都没睡好，在心底骂人，骂着骂着睡着了，半夜还说着梦话，女孩的妈妈被她这模样吓了一跳，还特地量了量她有没有发烧。

第二天上午，男人还没睡醒，房子就已经被人围住了，一队警察破门而入，没过一会儿，警车从小院门口开走了。

附近的邻居纷纷看过来，七嘴八舌地将事情理了个大概，警察是来这儿抓人贩子的，报案的还是裴家那个小姑娘。

裴瑾念一直到高中都常常做噩梦，噩梦中的场景很少重复，可里边都有一个小男孩，可可爱爱，偏偏一出现在她的梦里就变得讨人厌。

　　后来裴瑾念上了大学，被星探发现，进入娱乐圈，工作繁忙，倒是许久没有梦见那个小男孩了。

　　直到有一天，经纪人说有个综艺邀她过去做常驻嘉宾，她那段时间拍戏拍累了，想着上综艺放松一下也不错，于是应了下来。

　　节目组聚会的那一天，她见到了那个在飞机场见过一次的烦人精。

　　她听见他喊自己裴老师就莫名其妙地生气，无端地对他产生了厌恶之情，好像从很早很早之前就是如此。

　　裴瑾念讨厌宁世尘，在知道他就是那个困惑了自己好些年的人后更气了，更加不想理会对方。

　　可她生的气在掉下山坡后，听见宁世尘的那些蹩脚笑话时就消散了，她觉得是自己心地善良，而且何必为这种人生一辈子的气。

　　她趴在宁世尘背上，依旧装作不爱搭理对方的样子，一直到宁世尘说，今晚月色好美。

　　裴瑾念决定给宁世尘一个机会，正好她笔下的小说卖了版权，要拍电视剧，她冷冷地发了条信息给宁世尘，询问一些心理学上的知识。

　　宁世尘看着手机里的那条消息，翻来覆去睡不着觉。

　　但是后来有一天，宁世尘发现了裴瑾念就是他寻找的小女孩，他忽然不知道该怎么面对裴瑾念，连话也不敢同对方说。

　　2021 年，宁世尘还是和裴瑾念在一次旅行时，在当地的教堂求婚了。

　　李九歌那段时间忙着准备小舅舅的新书签售会，无暇他顾，知道这个消息时，已经过了好几天了。他闹着说宁世尘不讲义气，这么大的事都不提前告知，骂骂咧咧了好久。

　　宁世尘不耐烦了，打电话给宋言知让他管管他大外甥，宋言知正在逗小好好，哪里有空理会。

　　宋言知让宁世尘去找陆家辰，这才叫对症下药，果不其然，烦了他一下午的小麻雀顿时没声了。

　　等到大家再见面的时候，已经是 2024 年，大年三十，在宁世尘和裴瑾念的婚礼上。

　　李九歌"报仇"来了，一杯杯地灌宁世尘，结果他自己也不过是几杯倒，没一会儿就被陆家辰扶上车拖回了家。

　　好好是花童，拿了好些红包，因为可爱，来往的媒体记者以及亲朋好友都围着她。

　　她胆子大，得了宋言知的真传，处变不惊，吃了块巧克力后甜甜蜜蜜地学着温舒的口气，奶声奶气地说："念念阿姨和宁叔叔要一辈子在一起！"

　　连芍笑着逗她："这是谁教的？"

　　好好捂着脸，做出牙疼的表情，说："爸爸总是这样子对妈妈说。"

　　温舒脸颊红了大半，揉了揉好好的脑袋，人小鬼大。

林是婚礼宾客中最为特殊的一位，他随了礼，陪着好好玩了一会儿，捏了捏好好的脸蛋，软乎乎。

　　这些年，他依旧寻找无果。突然，他手上的腕表振动起来，随后，他悄然离开了这个时空。

　　他要去那个出现了一点信号的时空寻找一个人。

　　离开前，林留下了最诚挚的祝福："请一定要幸福啊，让这段神奇旅程画下一个圆满的符号。新年快乐。"

后记

明月长相照

Xiangyua To
Huaile De Mao

还记得最开始构思宋言知和温舒的故事时，我想的是，两个人为什么会喜欢对方呢？

温舒的宋师兄虽然不近人情，可他很聪明、独立，在厨艺方面也很优秀。不客气地形容，他就是一个浑身会散发光亮的人。而温舒呢，她就是个普普通通的大三学生。

于是我开始想，他们到底要如何联结起来呢？他们的爱情故事要从哪里开始？

我想了个有趣的设定，然后风风火火地让他们相遇，再之后，在"奇妙旅行"中，他们越发在意彼此。

可其实在他们的故事里，宋言知不止一次说，温舒很优秀，不愧是他喜欢的人。

在宋言知的心中，温舒怎么会是一个普通的人呢？

从那时我就在想，我构思的时候其实立了一个不太好的命题，一个优秀的人为何不能喜欢一个普普通通的人，虽然这听起来很玛丽苏，可是为什么一定要是优秀的人互相喜欢？喜欢这件事是否是有局限？

那么喜欢到底和什么有关呢？成绩、长相、经历，还是其他？

也许都有。

如果问宋言知为何喜欢对方，他大概会酷酷地说上一句："她什么都好。"

而如果问温舒，她的眼里大概会冒星星："宋师兄是独一无二的！"

"怦怦"的心跳，一见如故的欢喜，想要厮守一生的信念，是最无法抑制的东西。

在故事的最后，他说：世人都在寻觅人生意义，他找到了，于是他的世界里，披上了一层明亮的月光。

在宋言知和温舒的世界之外，裴瑾念和宁世尘也在自己的世界里经历着很多事，因为篇幅原因难以详述，不过，他们的结局是美好的。

还有可爱的大外甥李九歌，这么乖的大外甥到底怎么样才能够拥有呢？

兢兢业业的他，在陆家辰的领导下，不知道会做出什么样的书，他们之间又会发生怎样的故事？

狮子领导和兔子下属的组合在公司里一定是无往不利的！

写到这儿，我很感谢他们能够出现在我的故事中。

我爱他们。

同样，也希望看到这里的你们，能够收获属于自己的明月，觅得最好的那个人。